深潜者

王力 著

台海出版社

图书在版编目（CIP）数据

深潜者 / 王力著. -- 北京：台海出版社，2024.

10. -- ISBN 978-7-5168-4001-6

Ⅰ. I247.5

中国国家版本馆 CIP 数据核字第 2024T1X477 号

深潜者

著　　者：王　力	
责任编辑：王　萍	装帧设计：西穆设计　刘昌凤

出版发行：台海出版社

地　　址：北京市东城区景山东街 20 号　　邮政编码：100009

电　　话：010-64041652（发行、邮购）

传　　真：010-84045799（总编室）

网　　址：www.taimeng.org.cn/thcbs/default.htm

E - mail：thcbs@126.com

经　　销：全国各地新华书店

印　　刷：三河市元兴印务有限公司

本书如有破损、缺页、装订错误，请与本社联系调换

开　　本：660 毫米 ×960 毫米　　　1/16

字　　数：162 千字　　　　　　　印　　张：11.75

版　　次：2024 年 10 月第 1 版　　印　　次：2024 年 10 月第 1 次印刷

书　　号：ISBN 978-7-5168-4001-6

定　　价：79.80 元

目录 Contents

第一章

暴风雨

暴风雨已经持续数个小时，像极了一个挥汗如雨却还没有感到疲惫的人。

雨幕中，一幢小楼亮着灯光。比之外头的轰轰烈烈，楼内静谧无声。有个年轻的男人坐在桌前双目紧闭，看起来丝毫不关心外头的动静，桌上的收音机不断发出微弱的声响。

屋里这个气定神闲的男人额前已经沁出细密的汗珠，此时他的耳朵像天线那样竖起，在暴雨中等待着，或者说迎接一个不同寻常的声音到来。收音机上红灯绿灯交替闪烁，投到窗玻璃上与雨幕幻化成一片波云诡谲的光影。

收音机突然安静下来。时间像水龙头漏出的水，缓慢落下一滴、两滴……这种安静的气氛最让人心焦，男人似是在等待什么，脸上的肌肉绷紧着，让他面部的轮廓更加棱角分明。时间过去了很久，熟悉的频率再度响起，犹如即将熄灭的火星在暗夜里迸发出万丈光芒。年轻男人的眼睛突然睁开，闪现刀刃出鞘时的光亮。频率消失后，年轻男人冲出房间一头扎进谜团般的夜色中。在命令面前，毫无迟

疑从来都是王道。房门还在轻轻摇晃，男人已经无影无踪。

汉口码头，津川号客轮对着天空喷出一道白烟。这是今晚长江上最后一班客轮。离岸之时，一个年轻男人从夜色中闪出来跳到了甲板上，男人身穿黑色风衣，连头上戴的礼帽都是黑色的，就像黑夜里一只翻墙过户的猫。男人回身看了看雨幕中灯火辉煌的城市，身影再次没入夜色。

……

眼下是1937年7月底，荡漾在这个夏天空气中的不光是燥热，还有越发浓烈的硝烟味。卢沟桥事变已经过去近一个月，北平、天津两大华北重镇先后沦落敌手，紧接着成为侵华日军手中弓弩的两头，正在积蓄力量即将对着华北、华东等地区射出利箭，也预示着中日之间的战事即将由局部零星的形势升级为全面战争。国民政府经过西安事变影响，在中国共产党的积极感召下终于改变以往对日妥协的态度，暗中在沪宁杭长江三角洲地区部署重兵，伺机给予日军出其不意的打击。同一时间里，日军也在紧锣密鼓制定对华作战方案。总之，中日两国的军队都已拉开架势，剩下来就是谁先点火的问题。

北平，南苑机场。

木村信哉站在自己心爱的九六式舰载战斗机前，双手沾满油污，连脸上都沾了一些。战斗机还有一个小故障，木村信哉抹了一把汗珠。机械师双手交叉站在一旁嘲笑，丝毫不信这个自作聪明的家伙真能比自己更行。没多久，机械师脸上的嘲笑就僵住了。事前，他们说好赌十瓶红牌威士忌，此时机械师对着天空发出一声长叹，心想这个月的薪水怕是全都要打水漂，早知如此，自己万万不该打这个该死的赌。

然而，木村信哉没来得及将小故障处理好就发动战斗机冲进夜幕。此前日军华北情报机关截获消息，有中国情报人员携带绝密情报乘坐客轮从武汉出发，前往上海投递给布防的中国军队。木村信哉的任务就是让那艘客轮在到达目的地前沉入江底。

乔秋华刚走上甲板就听见云层中有隐约的马达声，紧接着天空中一个惊雷炸响，一柄紫色长剑落在海面上，场面甚是壮观。乔秋华下意识捂住耳朵，他不知道那个雷不光砸疼了他的耳朵，还将天空中的木村信哉打落下来。木村信哉已经瞄准客轮，心里得意地想着只要动动手指头就能立下一大功，结果没来得及投弹就被雷电击中。战斗机像被一只巨大的手掌狠狠拍了一下，所有仪器都在一瞬间失灵，驾驶舱内光幕乱闪，勾勒出一幅凶险的图景。木村信哉急得满头大汗，心里苦笑不已。这绝对是自己最倒霉的一次任务！

江面上狂风作乱，掀起巨墙般的浪头，偌大的客轮此刻在恶浪中也渺小如火柴盒。驾驶舱里工作人员乱成一团，船长抹了把冷汗，下令停止行驶，开启所有航行灯照亮周围水域。游客们全都躲在客房里拜菩萨求上帝，整艘船被一种恐怖的气氛所笼罩。

乔秋华想起了自己的行李箱，赶紧向船舱跑去，箱子里有重要的东西，哪怕最后跳船逃生也一定要带上。此时，他没有听见有一个人掉进海里的声音。

好在客轮有惊无险地穿过了暴风雨，大家都不知道船上已经多了一个人。木村信哉浑身湿透，蜷缩在屋檐底下，整个人在夜风中瑟瑟颤抖。上船之前，他将飞行员的行头从身上扒下来丢进了海里。第二天，乔秋华刚出门就看见躺在地上的木村信哉，赶紧上前抓住对方的肩膀摇了摇，结果一点反应都没有。木村信哉此时还陷在噩梦里，一点都不知道额头已经滚烫。

乔秋华很清楚眼前这个人需要救治，但是更清楚即便天塌下来自己也只能做好分内事。况且对方究竟是敌是友，自己一无所知。

眼下最好的选择就是把他拖到一处角落里去。船上有很多人，他一定会被发现并且送去救治。乔秋华抓住木村信哉的双脚正要拖走，对方嘴里似乎发出一声呻吟，看着这张苍白的面孔，乔秋华停下了手。

乔秋华去了医务室，之后将一盒退烧药放在床头柜上面。接下去几天，木村信哉昏睡时，乔秋华就抱着行李箱坐在外面的长椅上，像个忠于职守的侍卫。等木村信哉清醒过来，他们会坐下来聊天、喝酒，下几盘国际象棋。江面上风平浪静，唯有棋盘上的厮杀一次次变得惊心动魄。每当乔秋华将要获胜，木村信哉总能反将一军，将稳定下来的形势再次打破。

木村信哉谎称自己是个渔民，渔船在那场风暴中沉入了江，船上的人只有他活了下来。乔秋华没有多想，毕竟这个从天而降的伙伴让旅途有了很多趣味。自己在棋盘上屡战屡败，内心反而更加兴奋，想着上岸后也要与木村信哉下棋，一定要赢了他。当上海总算出现在视线里头时，木村信哉突然不见了。乔秋华赶紧检查了行李，当他把自己的东西翻个底朝天后顿时脸色大变。

提着行李冲出舱门的时候，乔秋华险些与路过的二副撞个满怀。要是依照二副的脾气，乔秋华肯定会被骂个狗血喷头。但这会儿二副连看都没看他。二副正在回忆刚才看到报务员的情景，觉得那名报务员有点眼生，什么时候换人了，自己完全不知道。八成又是船长一个人的决定。想到那个独断专行的大胡子，二副心里生出一丝不快。二副冷哼着走远了，乔秋华异样地看着他。

就在前一晚，木村信哉潜入报务组所在的船舱，偷喝了酒的报务员还没看清来人就被扭断了脖子。木村信哉利用船上电台发出一则电讯，收到回复后毫不犹豫地再次跳进海里。

下了船，乔秋华被带往一个地方。街道两边架起了沙包和铁丝网，身穿黑色制服的警察在维持秩序，不断有载着中国军人的卡车从身边飞驰而过，阳光在军人头顶的德式钢盔上晃动。乔秋华记得，自从 1932 年中日签订《淞沪停战协定》，上海地面已经很久没看到过中国军人。眼下军队云集，怕是山雨欲来风满楼。

乔秋华问接头人："仗什么时候会打起来？"

接头人看了他一眼，回复两个字："随时。"

乔秋华瞬间觉得天空中的乌云充满了重量。大战在即，重要情报却失窃了，而且极有可能已经落入敌方手中。乌云在他视线里犹如不祥的阴影，下一秒就要遮住天空。

在接头地点，一名叫李彦臣的中年男人接见了乔秋华，身份是中央组织部党务调查科上海地区负责人。乔秋华如实报告了情报失窃的前后过程，在场所有人都变了脸色。

在紧张的气氛里，李彦臣凝视着乔秋华，缓缓问道："你知不知道这份情报的分量？一旦被日军获悉，我军所有计划都会作废，会由主动变成被动。"

乔秋华长出一口气，说道："我对此事负责！"

"很好。"李彦臣点点头，将一支马牌撸子放在桌上，说道，"对于泄露了情报的人，向来只有一种处罚方式。"

在许多目光的注视下，乔秋华一把抓起马牌撸子对着太阳穴扣动了扳机，结果传入众人耳中的是一声空响。

李彦臣拿过马牌撸子重新放在桌上，说："现在杀了你也无济于事。你如果能抢在日军做出反应前拿回情报，任何处罚都免了。"

其他人都露出惊讶的神情，李彦臣又说道："我最多给你七天，时间一到如果完不成任务，你会横尸街头。"他顿了顿，又说，"我不会给你任何帮手，也不会给你一点经费，你只能靠自己。"

乔秋华明白，在组织严如风雷的纪律前，李彦臣能够把一支没装子弹的枪给自己已经是有心护短，自己当竭尽全力夺回情报。

乔秋华大声说道："我当全力以赴完成任务！"

话虽如此，其实能不能完成任务，乔秋华心里一点底都没有。毕竟上海太大了，在没有协助的情况下找到一个人谈何容易？从接头地点出来，乔秋华看着街上漫长的人流，那一张张陌生又冰冷的面孔让他感到深深惘然。

即便硝烟味已经越来越浓，十里洋场依旧平静繁华。那个时候上海城区里已经有很多日谍潜入，乔装成各行各业的人潜伏在城市的角角落落。乔秋华明白执行任务必须逃过日谍的眼睛，为了掩护任务进行，乔秋华去邮局里找了一份工作，邮差可以每天东奔西跑而不会引起人们注意。每天送完书信，他不是在黄浦江边游荡，就是在苏州河畔转悠。那时候的上海，水运场是人最杂的地方。乔秋华的目光锁定了许多形迹可疑的人，他的眼睛比寻常人尖很多，那些人很快被带到警局，许多深藏的案件也随之浮出了水面。上海警界几乎沉寂的刑侦工作像维修好的灯泡又亮了起来，民众也对警方的工作能力恢复了信心。

上海警察局局长、享誉沪上的神探孙道扬和法租界巡捕房总探长罗伯特·艾森都亲自出面邀请乔秋华加入警界，均被婉拒。享获盛誉，乔秋华自己一点都高兴不起来，反而越来越沮丧，就连十多年前在逃的案犯都被揪出，唯独最想找到的木村信哉依旧踪迹全无，似乎被老天爷藏了起来。

后来，乔秋华只要看到紧闭的门窗，就会产生破门而入的冲动。木村信哉仿佛就藏在门后，幸灾乐祸地看着自己像被拧了发条般停不下来。乔秋华每到一个地方，身后总有一个身影尾随而至。他很清楚，如果过了期限自己仍在街上游荡，那个身影会毫不犹豫地开枪。

第二章

背影

8 月的上海，天空总被乌云占据，雨却迟迟没有落下来，就像一张阴郁的面孔正注视着地面瞬息万变的局势。

当中日军队还在黄浦江畔咋咋呼呼地开拔时，嗅觉灵敏的人已经闻到战争的味道，纷纷举家逃往南京。那个时候不少人都坚定地认为，国家首都是最可靠的避难所，他们哪怕把家当都卖了也要凑够路费去南京。乔秋华依然脚步铿锵地在上海穿梭，心里的念头就是把这个城市走遍，那样肯定能找到木村信哉。

可是视线里，上海的每条街道、每段巷子都无比冗长，仿佛通往一个永远揭不开的谜底。眼下唯一安静的只有苏州河。逛完一圈，一无所获的乔秋华来到苏州河边，呆呆望着镜子般平坦的河面，在夕阳里站成一尊雕像。

这天，乔秋华将身上最后一支烟塞进嘴里，摸摸口袋却找不到打火机。旁边有只手伸过来替他点着烟，乔秋华转过身，眼前站着一个满脸笑容的年轻人，手里拿着一只科乐比打火机。打火机外壳是用白金做的，乔秋华记得位于南京路的先施公司在 1935 年曾推出

过限量款。年轻人的笑容里还带着狡黠，像是混迹于十里洋场的包打听。乔秋华意识到在黄浦江畔办事离不开地头蛇的帮衬，而眼前这个包打听居然能用上限量版的科乐比打火机，应当不是寻常之辈。

乔秋华拿出一张纸，说道："你要是帮我找到这个人，酬劳数额随你开。"

包打听看都没看就塞进口袋，满口承诺道："两天后，外白渡桥上见。"

乔秋华很惊讶，纸片上既不是木村信哉的照片，也不是他的素描像，而是写着一些有关他的细节。仅凭这些要想找到他基本是痴人说梦。这个包打听居然直接揽下了活！

两天后，在外白渡桥头包打听将纸片交还给乔秋华，上面新写上了一个地址。乔秋华将十枚光洋塞到包打听手里，对方重新消失在人海中。夕阳的光洒下来，纸片上的字熠熠光辉，犹如一把解开谜题的金钥匙。

地址所在之处是闸北区的一幢公寓，里面租住着全国各地跑来上海讨生活的人，就连地下室、杂物间等地方都塞满一大家子人，活像个难民营。乔秋华在周围侦查了一圈，没有比这里更好的藏身之所了。他并没有马上进入，先来到对面的楼顶，那里可以一个不漏地看见进出公寓的人。

当乔秋华举起望远镜，视线里出现了一个年轻女人的背影。女人穿着月白色阴丹士林布旗袍，看起来像一只制作精良的瓷瓶。乔秋华忽然被这个身影吸引了，揭开真相的心也变得更加迫切。之后，乔秋华将公寓里的门敲了个遍。门后露出或惊讶或迷惑或愤怒的脸孔，乔秋华将木村信哉的画像拿给他们看，得到的回复无一例外是从没见过这个人。

走出公寓，乔秋华将所有人的回答叠加起来，然后得出结论：

木村信哉根本就不在这里。满以为那个包打听是个手眼通天的家伙，没想到是个地地道道的骗子。其实乔秋华忽略了公寓里还有一扇门没打开过。他更加不知道木村信哉不止一次来过公寓，每次都穿着一身灰白长衫，戴着黑框眼镜，化名李新健，身份是徐汇中学的国文教师。木村信哉能讲出一口标准流利的中文，主要得益于父母是早期拓荒团成员，他大半个童年都是在中国的东北度过的，那个冰雕玉琢的世界让他记忆深刻。

尽管认为木村信哉并不在这里，乔秋华却又来了好几次，都是在晚上，整个人镶嵌在夜色中，仰望公寓灯火如一片繁星闪烁。此时，他内心的想法是与那个背影正面相逢。其实那扇门并非他忽略了，而是看见那个背影走进去，他竟无勇气上前敲响。

那天，孙雅楠从三角地菜市场提了两只浙江三门产的青蟹，还没走到公寓楼下就看见游荡的乔秋华，她以为又是个讨债鬼。两个人打照面时，稻草突然松开了，青蟹"啪嗒"一声掉在地上，翻个身立刻举起肥大的钳子摆出一副抵抗到底的架势。孙雅楠想要将青蟹重新捡起来，但是那对晃动的钳子让她一次次缩回手。

见孙雅楠拿自己没辙，青蟹趾高气扬地向水沟爬去。正当孙雅楠急得不知所措，乔秋华从她手里接过稻草，在青蟹跳进水沟前一把将它逮住用稻草捆个结实，递给孙雅楠并告诫道："你不好晃的，拎在手里晃啊晃的，绳子就松掉了。"

孙雅楠点点头，接过青蟹时并没有说"谢谢"。乔秋华问道："可以告诉我，你的名字吗？"只见对方愣了一下，然后浅浅笑了笑，声音温柔地说出三个字："孙雅楠。"然后像一束阳光进入楼道，留下乔秋华视线里一路的闪闪光亮。

孙雅楠回屋时，木村信哉正坐在茶几前翻看报纸。孙雅楠晃了晃手里的青蟹，说道："留下吃饭吧。"见木村信哉点了头，孙雅楠兴高采烈地走进了厨房。

晚饭桌上,孙雅楠说起了那个在公寓楼下游荡的人,还说要是没有他的帮助,今晚的清蒸青蟹怕是泡汤了。孙雅楠说了一句又一句,丝毫没觉察到木村信哉眼睛里流露出异样,接着眉毛皱起来。此时上司的告诫在他心头响起:如果周围有奇怪的人出现,唯一的做法就是马上离开。

孙雅楠在屋里收拾餐桌,木村信哉拿起一瓶红牌威士忌来到阳台。里面只剩一点残汁,刚好够一口。木村信哉扭开盖子,将威士忌倒进嘴里,然后将空瓶扔了出去。空瓶划过夜空,在地上摔得粉碎。月光将满地玻璃碴照得幽幽闪烁,像极了天空随意撒下的一把雪。

该撤退了!木村信哉告诉自己。自从在津川号报务舱里发出那份电报并接到回复,自己的身份就从飞行员变成了特工。作为一名特工,他必须做到对形势精准判断。木村信哉转过身,看着屋里孙雅楠温娴的背影,心里又产生了不舍。他明白,这个女子对自己没有丝毫欺骗,而自己对她说的几乎都是谎言。木村信哉很想告诉她真相,结果看到地上的玻璃碴又闪烁了下,仿佛提醒他应当保持冷静。他想了想,最后默默把话咽回肚子里。屋里是让他流连的安宁日子,可是执行任务势在必行。

屋里屋外的两个人都不知道,此时有个人正站在公寓楼下。乔秋华只要将望远镜举到眼前就能清晰看到苦寻许久的人,但他已经没有勇气举起望远镜。她不是一个人!夜风袭来,四下里的寒意全跑进乔秋华心里。原本执行任务的乔秋华,此刻莫名掉入情感的困境中。

乔秋华转身返回时,跟踪者忽然从角落里闪出来,对方什么都没有说,只伸出两根手指头晃了晃。乔秋华看见对方脸上清晰的不耐烦,明白他恨不得立刻一枪崩了自己回去交差。还有两天就到约定时间了，而自己竟然连木村信哉的影子都没看到，他仿佛已经能够窥见凶险的结局。身后的公寓拉上了窗帘，将一屋灯火以及欢声笑语都藏在里头，唯独乔秋华独自穿梭在夜风里，虽然步伐沉重却没有声音，只留给地面一道冗长的影子。

第三章

金色玫瑰花

就在乔秋华要无功而返的时候，老天爷伸手帮了他一把。时间到了 1937 年 8 月 13 日，中日淞沪会战拉开序幕，中国军队的数十门战防炮对着位于杨树浦的日军据点一通猛轰，将里面的坦克以及各种装甲车都变成了燃烧的废铁。乔秋华还在寻找他的情报，情报内容原先是帮助中国军队防备日军突袭，眼下中国军队主动发动了进攻，情报也就失去了意义。这一天正好是任务期限里的最后一天。

在党务调查科据点，乔秋华正式接到任务解除的指示。李彦臣两眼放光，拍着他的肩膀说："还没有人能有这样好的运气，你真是福星高照。"大家都为他庆幸不已，唯独乔秋华本人脸上没有一点喜色，事实上他并不想终止自己的行动。

1937 年那个充满火药味的夏天注定让人难忘。因为是中日两国全面开战以来首次精锐部队的较量，在国内激起一片热情高潮的同时，也吸引了国外许多聚光灯的注意。日方目的是"三个月灭亡中国"，而中国军民的信念是让军国主义的痴人说梦在十里洋场变成泡影。就在上海街头的小乞丐都争先将讨来的钱扔进募捐箱，乔秋华却像个不务正业的白相人在苏州河边游荡，他的眼睛里是平静的水面，耳朵里却是隆隆炮声，仿佛要把天空都震出窟窿。

开战后，外出的人大大减少，市民都躲在家里或者防空洞里，以免突然飞来的子弹把自己变成一具无名尸体。苏州河边冷清了不少，河面上也看不见形形色色的倒影，只有河水寂寞地流向天际。在这种形势下，找到木村信哉的概率一定更小了。乔秋华时常在河边一站就是大半天，直到夕阳西沉，天幕昏暗，对岸的炮声也终于消停下来。

之后的一天，当乔秋华望着河水发呆时，突然听见有人对他说道："先生，你遇到难事了吗？"

乔秋华转过身，面前又是个包打听模样的年轻人。对方抽出一支烟递过来，乔秋华挡下烟，从口袋里掏出一张纸片，上面是他凭记忆画出的木村信哉的画像。其实他画得并不十分像，眼睛画小了，嘴巴又画大了不少。他将纸片递给包打听，对方点点头。

乔秋华忽然觉得眼前这个包打听与上次那个长得很像，似乎就是同一个人。这位包打听的要价也是十枚光洋。同样也是三天后，包打听带来了他最想听到的消息：五天后的晚上，木村信哉将在外滩公园与人会面，具体事因不明。

尽管上过一次当，乔秋华依然相信这是真的。他来到黑市买了把手枪，一整天都想象着木村信哉被自己一枪撂倒的情景。

当乔秋华穿过夜幕来到外滩公园，看见的是靠在长椅上睡着的孙雅楠。那一瞬间，他还以为自己来错了地方。乔秋华先是在远处凝视着孙雅楠，之后走近些，她就更清晰了，像一位不小心睡着的仙女。乔秋华看清了她左边脸一侧的一小粒痣，像在夜色里闪烁着，光芒一直照进心里。

此前，木村信哉告诉孙雅楠，自己将要离开上海，孙雅楠将碗里最后一口饭吃完，沉默了半晌，没有问他为何离开，而是问可不可以带她一起走。木村信哉也沉默了半晌，最后说："那你在外滩公园等我。"

孙雅楠的脸上绽放出了光彩。

木村信哉在上海原本是刺探中国军队的布防情况，如今中日已经开战，他将返回总部待命。自己当然不能带她一起走，可又不想让她伤心，只好再次选择了欺骗。

约定见面的时间是在晚上，然而孙雅楠在傍晚就来到了这里。她对木村信哉的承诺充满信任。沉溺在恋爱中的女子，大抵都会有这样的痴念。结果孙雅楠在外滩公园的长椅上坐了整整一晚上，眼前一棵银杏树不停掉着金黄的叶子，孙雅楠数着落叶，直到金黄色的叶子在身前积起浅浅一层，后来她靠在长椅上睡着了，要等的人依旧没有来到面前。

此时孙雅楠说着梦话："他终究没有把我放在心上。"犹如一曲幽怨的琴音，在夜色中荡漾出很远，也在乔秋华心里泛起波纹。

睡梦中的孙雅楠不知道，有另一个人来到自己身边。她走进了一个奇怪的梦境，梦到许许多多金色的玫瑰花在面前绽放，就像奔赴一场义无反顾的爱恋。她无比渴望有人送给她一束金色的玫瑰。

深夜，整个外滩公园陷入一片静谧，只有海关大楼的钟声隐约传来。木村信哉还是没有出现，只有眼前这个谜一般的女子。夜风吹拂着孙雅楠单薄的衣裳，乔秋华脱下外套轻轻盖在她身上，整个人立刻在深秋冷风里瑟瑟发抖。身边这个女子应当同自己一样，要等待的人久久未至，或许同样也遭到了欺骗。乔秋华注视着地上打转的银杏叶，过了一会儿，他捡起一片片银杏叶，用细树枝将它们扎拢到一起。他也不晓得自己想做什么，直到一大捧金黄色的玫瑰花在手中绽放。

孙雅楠醒来时，天空刚好放亮。她看见盖在身上的男式外套，外套上散发着一股完全陌生的气息，急忙将外套推到一边。就在这时，一抹金黄跃入视线。身边放着一大捧用银杏叶扎成的玫瑰花，自己像是刚经历了一场求婚。她猛然想起，这不正是自己昨晚在梦中见到的玫瑰花吗？孙雅楠心里冒出个大大的问号。既然金色玫瑰花就在眼前，那么昨晚自己经历的究竟是一场梦，还是事实？她将玫瑰花捧在怀里，上面有晨曦的淡淡暖意，心中既惊喜万分，又迷惑难解。唯独那股暖意一直流进心里。

离开外滩公园时，银杏叶还在纷纷落下，孙雅楠捧着金色玫瑰花，宛如一个奔赴真爱的新娘。

乔秋华没想到第二个包打听又是个说大话的骗子，他甚至开始怀疑起"包打听"这个职业的可靠性。上海这么大，要在潮水一样的人流里找到某个人根本是不可能做到的事情，所以也根本不会有什么包打听。截止到现在，乔秋华一共给了上海的包打听二十枚光洋。他很懊悔，这二十枚光洋应该扔进募捐箱才物有所值。

更加没想到的是，几天后，报上发表了《告市民同胞书》，宣布上海沦陷，中国军队在苏州河畔四行仓库里留下兵力只有两个营的团，其余由南市撤退。听到消息，乔秋华惊得半天说不出话，最后用上海话骂了一句"册那"。他不敢相信轰轰烈烈的淞沪会战就这样收场了，可事实上，上海的战事结束了。拿下这座远东最繁华的都市之后，日军司令官将指挥刀伸向另一个离上海不远的城市：南京。

中国军队撤离的当天，李彦臣召见乔秋华。一见面，李彦臣没有问他为何消失了这么长时间，而是直接下了一道命令："跟我们去南京。"

乔秋华说："我的事情还没解决呢？"

李彦臣反问道："个人恩怨与国仇相比，又算得了什么呢？"

乔秋华知道自己没有办法再拒绝了，但他依然很想留在上海。

前往南京的列车缓缓开动，乔秋华坐在车厢里，身边同伴有的在抽烟，有的靠在座椅上打盹。刚才列车那声鸣叫犹如大声的告别，直直撞在离去的人心头。乔秋华突然想起来，自己都没跟那个身影告别。上海已经沦陷，烽火连三月，在这片残破的土地上，她一缕弱小的身影又该何去何从？一股包含着不舍与牵挂的惆怅登时涌上心头。

— 第四章 —

巍巍紫金山

来到南京,乔秋华奉命加入中央军校教导总队,也就是被称作"德械师"的精锐部队。教导总队即将去守卫紫金山,那里可以俯瞰整座南京城,自古以来就是金陵帝都的命脉。

时间进入了 12 月,也是一年中最寒冷的时候。曾经热烈的想念这会儿也应该随气温下降而淡去了。乔秋华在这个陌生的城市又遇见了孙雅楠,遥不可及的梦在眼前猝然成真,他整个人便在萧瑟冷风里激动得颤抖,陌生的城市也亲切起来。见面的那一瞬间,乔秋华看见对方脸上也有惊喜,从此坚信美好的憧憬无论经历多久都将变成现实。

孙雅楠依然租住在一幢人群混杂的公寓楼里,重逢那天他们在中山北路的心雅咖啡馆待了一下午。后来乔秋华提出送她回家,孙雅楠没有拒绝。两人踱步到公寓楼下,然后在西沉的夕阳里分别。孙雅楠始终没有说出"上去坐坐",于是转身离去的乔秋华留给公寓楼一个落寞的背影。

虽然这里并不是上海,但是乔秋华会像在上海时那样,每天站在公寓前的夜色中，仰望满目灯火，久久徘徊。乔秋华始终没有勇气上楼去敲响房门，他觉得，只要没有那个女子的主动邀约，那么她所在的那方空间就是任何人不可进入的领域。

一天，乔秋华路过新街口看见年轻姑娘们在刚开张的糕点店门前排成长队，那里卖的是上海的特色糕点，他也加入了队伍，在女人队里格外扎眼。晚上，乔秋华又站在公寓楼下的冷风里，糕饼跟手一起渐渐僵硬。而他的目光从一开始就冻僵了，所以坚定不移地对准一个方向。

孙雅楠从楼道里走出来，一见面她就问道："你是不是打算在这里站成冰棍？"然后一把拉过乔秋华往公寓里走去。

乔秋华终于进入了那片领域！他想象着此前这里来过的访客，也许是一个寻找孩子的邻居，或者是送错了信的邮差。那些访客一定不会想到，他们随意的造访对于另一个人来说，曾经是可望而不可即的愿景。

孙雅楠将一条毛巾在热水里浸湿，乔秋华接过来裹住双手。当他将毛巾递还时，对方说道："你不必如此。"

看着孙雅楠深邃的眼睛，那一刻，乔秋华觉得有些女人起码有十条路能走进她的内心，而眼前这个女人，或许只有一条极其不寻常的路才能直达她的心里。起身告辞时，乔秋华才问道："以后我能经常来看你吗？"

孙雅楠愣了一下，随即说："可以啊！"

乔秋华看见她脸上明显的笑容，心里立即涌起喜悦。可是他发现笑容里的勉为其难也同样明显。出门后，乔秋华转过身看着门牌，门牌此时给他带来亲切感，上面数字的意义也不再单一。

在南京，乔秋华认识的只有孙雅楠，孙雅楠认识的也只有乔秋华，所以他们就成了彼此的伙伴。有一次，乔秋华说："我愿意一直陪伴你。"孙雅楠笑了笑，她不知道，这句话是乔秋华鼓足了勇气才说出口的。无所事事的晚上，他们总是来到鼓楼大街一带的酒馆里消磨时光。孙雅楠脸上那粒小小的黑痣依旧吸引着乔秋华的目光，他想象那原先是一只顽皮的小飞虫，被这张美丽的面孔吸引，于是停在上面，最后变成了这粒黑痣。

聊到无话可说了，他们就一碗接一碗地喝酒，有时候喝得醉醺醺的孙雅楠会大声咒骂起某个负心人，直到被拉出酒馆，摇摇晃晃地走过寂静的大街回到住所。乔秋华每次都是将孙雅楠放到床上，拉过被子将她气得颤抖的身体盖住，然后像完成一桩使命那样离去。有一次孙雅楠在沉醉里突然抓住了他的手，他脸上有惊喜，最后却又默默把手抽出来。与这个心里牵挂的女子同处一室，乔秋华从未有过别的举动，只因明白勉为其难之事，本身就索然无味，因此大可不必。

从孙雅楠含糊不清的话里，乔秋华大致了解到她先前被一个男人欺骗了。即便素未谋面，他依然对那个男人充满怨恨，他觉得一个连女人都会骗的男人，一定不是好人。倘若那个人就是木村信哉，自己肯定会将他一枪撂倒。

南京上空有越来越多的乌云聚集，仿佛警告地上的人们即将有恶战来临。满天空的乌云让乔秋华深感不安。他并非惧怕战争，而是非常留恋当前与她在一起的时光。要是南京被日军攻占了，这一切都将不复存在。所以，乔秋华更加坚定了战斗到底的决心。

在秦淮河边，乔秋华与宋福林见了面。他们都毕业于东吴大学法学系。大三那年，宋福林加入了中国共产党。淞沪会战结束后，中共办事处跟随上海守军撤退到南京。此时宋福林的公开身份是国防部作战参谋。

当乔秋华谈及自己被编入教导总队以及担负的战斗任务，宋福林望着平静的水面，说道："政府应该保存有生力量，不宜在这里跟日军消耗兵力。"

宋福林听见一个斩钉截铁的声音："军人就是要保卫国家，寸土都不让！"仿佛平静的水面忽然泛起万千波澜。

对于乔秋华而言，只要她还在这里，自己便万万不能离去。理由如此简单，却又无比坚定。

南京卫戍司令部制订的作战计划第一时间下发到了各个守城部队。即便为各种备战工作忙得不可开交，乔秋华依然会抽出时间与孙雅楠见面，自己答应过要陪伴她，他向来忠于诺言，简直到了锱铢必较的境地。

这天晚上，他们在中山北路的章云坊吃了琵琶鸭，之后沿着秦淮河慢慢往回走。这顿饭吃得没有氛围，除了偶尔交谈几句之外，两人都只顾自己埋头进食，大有名头的琵琶鸭也没吃出什么滋味来。回去路上，他们都是一言不发，就像两个各怀心事的人，直到公寓在夜色中出现。

乔秋华知道马上又到分别时刻，他本想问那人是谁，可话说出口又变成："他答应过你什么？"

孙雅楠沉默了一会儿，说道："他说要为我戴上红宝石戒指。"

看着这个女子失落的眼神，乔秋华像宣誓一样地说："他做不到的，我可以做到！"

结果孙雅楠笑了起来。乔秋华不知道，戴上红宝石戒指这件事有着更深层次的含义。更重要的是，这件事从来都只有指定的人可以做，其他人是无法代劳的！他没喝酒，但当真是昏了头，说出如此冒失的话来，但是他心里是想得很清楚的。

在孙雅楠的笑声里，乔秋华认真又坚定地说："我一定不会骗你的！"

孙雅楠笑着说："谢谢你。"那一瞬间，她心头的难过分明弱了下去。

乔秋华认真的承诺却没能实现。教导总队突然接到命令，即刻开赴紫金山阵地。因为军情万分紧急，部队马上集合全员出发了，乔秋华甚至没来得及给孙雅楠打一个电话。他没想到自己也结结实实当了一回骗子。

12月的隆冬，天空总是阴沉着，阳光似乎也在躲避严寒。乔秋华和战友们坐在战壕里抱着冰冷的枪，不住地往手心哈着热气取暖。乔秋华还是头一回来到紫金山，这座自汉代起就在中华版图上闻名遐迩的山峦。据说三国时期，蜀国名相诸葛亮路过金陵，见紫金山如洪钟巨鼎扼守长江天险，于天地间巍峨雄峙，焕发出凛然王气，忍不住感慨："钟山龙蟠，石头虎踞，真乃帝王之宅也。"

一天将尽，暮色垂向大地，万鸟划过苍穹归巢，夕阳放射出金黄光芒，落到紫金山上与寒霜交融，在将士们视线里跃动起一大片悲壮的红。眼前情景让人联想到当地的一句谚语：紫金焚，则金陵灭。出发之前，长官郑重其事地吩咐道："紫金山必须守住。要是失守了，整个南京城就会全部暴露在日军的火力之下。"沉重的使命让每位守城战士都不敢掉以轻心。

乔秋华心想，若是不用打仗，自己带着孙雅楠来紫金山旅游一定是件愉快的事情。可惜眼下坏消息一个接一个地砸进耳朵。据可靠情报，在南京城外集结的日军总兵力已经超过二十万。而南京城内的守备兵力官方对外宣布是十五万，实际情况是并未满编，况且军队还未从淞沪会战的损耗中恢复过来。每位守城战士都清楚，接下来将是一场敌众我寡的殊死较量。即便面对不利情形，军人们依然坚定地站立在高山之巅，身披隆冬寒风，头顶万里乌云，成为庇护这方土地的神祇。

这天，几架日本战机飞过紫金山，山顶顷刻间变成炼狱般的火海。紫金山守军接到了撤退命令，要他们回城部署巷战。南京的外围防线已经全部失守，守军都被赶到内城准备最后的决战。在李彦臣的关照下，乔秋华接到的撤退令又是另外一回事，上面要求他跟随政府机关撤往重庆。傍晚，乔秋华赶到大校场机场。他终于顾上给孙雅楠打个电话了。

当电话接通，乔秋华又不知道该怎样开口，觉得孙雅楠这会儿应该在生气，因为他没有兑现诺言就奔赴前线，如今又要离她而去了。直到对方"喂喂"了好几声，乔秋华才说："是我，我要走了。"

她先是"哦"了一声，然后语气平静地说："一路小心。"

虽是一句客套话，却也包含浅浅的关怀。乔秋华目光透过窗外看到正在天际聚集的晚霞，整个天空一定都变暖了。此时在无情的炮火中，她的关怀也瞬间温暖了他的心，他的嘴角出现一丝笑意。

他又说："你也抓紧离开。"

她在那头说："好的。"

电话忽然中断，乔秋华想要再拨，却意识到该说的话都已经说完。他放下电话，走出通讯室。

最后一班飞机在白昼消尽之时冲上天空，乔秋华透过舷窗往外看去，飞机刚好经过紫金山上空，落日将这座长江边的山梁裹进鲜血般的红色，给即将沦陷的城市又增添了悲壮。

机舱里，一名少校参谋对所有人说："南京恐怕支撑不了多久了，南京被敌人占领了，这是全体国人的耻辱。"所有人都垂下了头，如同为沦陷的南京默哀。乔秋华再次望向窗外，只见满目都是通红的炮火，就像无处可逃的宿命魔咒。而三个月前的今天，中国军人慷慨激昂地向日军开战，那时候所有人都想不到，将来有一天连南京都陷落敌手。人们都在心里发问，胜利的希望在哪儿？

－ 第五章 －
系在心上的绳索

　　飞机在汉口机场降落，乘客都被赶下来，所有飞机都被临时改为货机，负责将东南沿岸城市的重工业设备运往内地。

　　对这个突如其来的安排，飞机上大多数人都不肯配合，现场吵作一团，双方都掏出了枪，眼看一场火拼就要发生。乔秋华明白重工业设备是抗战的命脉，非但没有抗拒，反而主动劝说其他人配合，并上前去打下手。

　　飞机装满重工业设备后重新飞上了天空，留下一群面面相觑的人。大家都意识到一个问题，几个小时的路程转眼变成了好多天，甚至几个月。

　　有人埋怨他："好人都叫你做了，苦头都要我们大家伙来吃。"

　　人们纷纷用言语围攻乔秋华，乔秋华一言不发，任凭毒言恶语如冰雹般砸在身上。即便如此，他依旧没有后悔，坚定地认为自己做得没错，有些亏吃了，大局就得利了。

　　乔秋华辗转多次终于走上了朝天门码头。他转身看着嘉陵江的漫漫江水，视线里那座叫南京的城市仿佛在江面远处摇晃着，犹如一帧久难追寻的记忆。此时的她，是否已经逃出炮火连天的南京？脑海里立刻浮现出她在逃难人群中形单影只的情景。乔秋华想冲过去抓住她的手，将她拉到没有战火的重庆来。

路边有个鲜亮的邮筒，希望便在心底发出光芒。乔秋华兴冲冲地走进邮局，结果被告知上海、南京的邮路都已经断了。工作人员对他说："别说是一封信了，现在就连一只苍蝇都别想飞进去。"说完，他冲着乔秋华身后喊道："下一个！"

从邮局出来，视线里依旧是嘉陵江。乔秋华忽然明白，江水最后会流到南京。他赶紧又跑进邮局要来信纸和笔写了一封信，将信折成一只纸船放进江中，然后就在这个陌生的城市安顿下来。他不知道，那封信漂出去没多远就被浪头打烂了。

这里是战火尚未波及之处，可又与沦陷区毫无区别。每当夜幕降临，这里好像到处都是五光十色的风月场所，醉客、舞客、歌女、舞女，沦陷区有的，这里同样也有。人们沦陷在纸醉金迷里面，商女不知亡国恨，醉客哪管山河破？乔秋华起初对这种氛围充满嫌弃，后面却也沦陷其中。

李彦臣没有来大后方，也就没了他的关照。很多从敌占区来的人都被关押起来，然后由稽查处一一进行身份甄别。其中不少人都遭了殃，乔秋华也被关押了近三个月，然后获得释放并且重新安排工作。

在重庆，乔秋华被分配在机要部门，工作除了收文件就是送文件。特殊的岗位让他一贯保持独来独往的行事作风。闲暇时他会去嘉陵江畔的茶楼里喝茶，或者去沙坪坝的礼堂听交响乐演奏。到了夜晚，他总是一个人去督邮街的酒吧里消磨大半个通宵，有时候早上会在陌生的床上醒来，身边熟睡的女郎面孔也同样陌生。要不是防空警报时不时响起，他还以为战争已经结束。这是当时大后方很多人的生活方式，似乎在他们看来，战争、亡国这些远没有寻欢作乐重要。乔秋华感到奇怪的是，自己在一个接一个陌生女人身边醒来，心中那个女子的形象却始终没有被覆盖，色彩反而愈发厚重，就像一坛埋在心底的酒，味道随着时光流逝而更加醇厚。

每次醒来，女郎都会问他："'亚男'是你的相好吗？你在睡梦里念叨个没完。"乔秋华尴尬地笑笑，反问道："梦里讲的话当得了真吗？"其实内心早已浪潮起伏。

这种日子一直持续了整整两个年头，到第三年元旦过后，乔秋华忽然接到一纸调令。上海情报站在敌人的打击下全军覆没，因此需要从全国各地招兵买马重建。几天后，一名上级来找他谈话。上级直截了当地说："要是上海的情报网没了，我们就等于同时失去一只眼睛和一只耳朵。"

乔秋华只说了一句话："我无条件服从。"

上级问他："你什么时候可以出发？"

乔秋华笑了，说："马上。"这是他期盼已久的时刻，眼下终于来临，他当然是毫不迟疑。

乔秋华先去了一趟南京。来到那幢公寓楼下，熟悉的地点依然未变，他闭着眼睛都能找到。屋前的路面依然洁净，似乎自从他上次离开，便没有人再踏足这里。他不禁产生恍惚之感，其间间隔的那些日夜，仿佛仅是一瞬间晃过的错觉。自己大抵一直站在这里，从未离去……

那段时光早已遁入岁月深处，唯有记忆还清晰可见。曾经多少个夜晚，他在这里久久驻足，在十二月寒风中站成一根巨大冰棍，然而那扇窗户透出的灯火让他始终心怀暖意。如今他又走进公寓，就像走进了记忆的废墟里。

门还是那扇门，门牌上的数字也没变，依旧让他感到亲切。乔秋华伸出手去叩了叩，就连敲出的声响都与当年如出一辙。那么，门后的人一定也是当初那个吧。他期待着门打开时看到她站在面前，脸上带着惊喜的笑容说："你回来啦！"

门终于"吱呀"一声开了，乔秋华分明看见一个陌生女人站在门里，带着一脸茫然。

女人问道："你找谁啊？"

乔秋华听见内心重重叹息，只能无奈地说："对不起，我找错地方了。"然后像逃一样离去。门关上的声音从后面传来，犹如一记重锤敲在心上，记忆霎时间生出裂纹。

旧地重游，结果物是人非，让重游本身也成了多此一举。走出公寓那一刻，乔秋华心里悲凉得想笑。她已经不在这里了！是早就离开了，是刚刚才搬走，还是早已殒命在那场惊天血光里？带着失望，乔秋华登上前往上海的客轮。

客轮刚在十六铺码头靠岸，乔秋华就遭遇了一场搜捕。一群举着盒子炮的便衣跳上船，大声嚷嚷着要所有旅客都蹲在甲板上接受盘查。自从76号特务头子在西伯利亚皮草行门口遭遇袭击，76号的特工就进一步加强了对水陆交通的盘查。乔秋华及时将随身携带的手枪扔进了黄浦江里，顺利通过了盘查。76号特工从船上抓走了好几个人，将犯人推进牢房后兴高采烈地去领赏。

虎口脱险后，乔秋华没有立即去指定地点报到。她既然不在南京，会不会已经回到上海？相信她在这个城市也有很多记忆。

乔秋华来到那幢公寓楼的位置，结果映入视线的是一大块空地，地面上依稀能看出轰炸的痕迹。他瞬间明白了，数年前那场惊天动地的血战已经让这个城市面目全非，因此许多记忆也已无处可寻。之前在南京，同样的地方也没有寻觅到她的踪影，所以，怕是再无机会相见。都怪战争制造了太多离别，乔秋华又觉得与其怪战争制

造离别，不如怪命运更加准确。说到命运，个人又能拿它怎样呢？既然如此，那就把记忆当作最宝贵的东西吧。

然而，他的脚步并没有停歇。有执念之人总有着坚持不懈的动力。上海情报站尚在组建中，所有人都处于蛰伏待命状态。他们当中只有乔秋华忙得不可开交。从背影来看，他变成了一个行色匆匆的人，要把上海的每条街巷都走遍。从眼睛来看，他变成了一个目光犀利的侦探，要把人海中藏得最深的那个人找出来。就像数年前，他在这里探寻另外一个身影。如今，他的脚步依旧铿锵不息，每一声都像坚定的誓言。

可是，上海的每条街道、每段巷子依然无比冗长，仿佛通往一个永远揭不开的谜底。当他在苏州河边累得大口喘气，回到住处倒头就睡，碰到了好几个长相神似却并不是她的人，有关她的踪迹仿佛被这个城市打包深藏起来，也没有包打听主动上前，这个职业似乎已经没有人做。后来他重重地泄了口气，真实感受到希望的破灭。曾经她的身影牢牢占据了他的视线，如今她的身影总算是小了，细了，可也变作一条绳索，牢牢地拴在他的心上。

— 第六章 —

玫瑰小姐

　　舞厅永远是夜晚最热闹的地方，人们似乎在这里才能彻底摆脱孤独。乔秋华信了这个说法，于是也加入其中。还没进门，他就听见里头刺耳的欢笑声。虽然经历过战争的摧残，可是这个城市看起来一点都没变，还是歌舞升平，到处都是风尘女子和寻欢作乐的白相人。

　　在炫目的灯光里，乔秋华端着一杯歌海娜红酒走到最角落的位置。自从在重庆督邮街的酒吧里第一次喝到这款法兰西红酒，他就深深爱上了它的醇厚，就像自己深深迷恋那个身影。乔秋华喝着红酒，目光注视着远处扭动的人影，似乎只是舞厅里的观众。

　　连续几天，乔秋华都如一尊雕像般杵在舞厅里，也没有人注意到他。即便在最热闹的舞厅里，他依旧是形单影只。后来有一个穿着红色旗袍的女人在他对面坐下来。女人叼着雪茄一言不发，跷起二郎腿晃了晃。乔秋华看见一双发亮的高跟鞋，以及旗袍侧缝里一抹亮白。酒精偏偏也在这会儿闹腾，他的思绪随灯光一同晃荡了起来。这个女人在他视线里忽然变作一朵巨大的玫瑰。

几个穿着黑衣的男人在女人身后排成一列，像是她的随从，或者说是保镖。保镖将一只白色的烟灰缸放到桌上，女人将雪茄灰弹了进去，印出点点落寞的深色。乔秋华看出烟灰缸是用缅甸象的牙齿做的，整个上海用这种烟灰缸的人应该不会超过二十个。乔秋华很是惊讶，世间竟会有这等排场的女人。

　　在炫目的灯光以及微醺的醉意里，乔秋华听见女人晨雾般的声音传来："先生有没有兴致跟我跳一支舞。"

　　乔秋华摇摇头："我不会。"

　　女人笑了，说道："在这里，最好学会跳舞。"

　　"为什么？"

　　"因为这里是舞厅，你来了不跳舞，就是不务正业。"

　　说完，女人起身一把拉过乔秋华的手，将他从座位上拉起来，一直朝舞池走去。

　　刚好换了一支曲子，女人在新的音乐里翩然起舞，乔秋华就像一件道具，尴尬地卖力配合着。女人曼妙的舞姿让乔秋华忽然觉得，跳舞真的是一件很美好的事情。

　　一支舞跳完，女人礼貌地告退。临走时，女人露出嘲讽的笑容，说道："刚才你像只青蛙。"

　　女人走进了一团光影里，乔秋华冲着光影大声喊道："等等！"女人又从光影里走出来。在对方诧异的目光里，乔秋华说道："以后你教我跳舞吧。"

　　学会跳舞后，乔秋华发觉跳舞的确是件让人着迷的事情，难怪到处都有人不知疲倦地跳着。女人叫苏曼玉，出生在关外。东三省沦陷后，她一路颠沛流离来到上海，曾经与众多难民像老鼠一样缩在闸北贫民区的滚地龙草棚里，如今已经是上海曼珠集团的董事长，更是那时候上海屈指可数的几个女企业家之一。青帮、巡捕房、公董局，以及 76 号特工总部统统买她的账。此外，乔秋华学跳舞还有另一个目的。上海情报站负责人季凌峰要求他尽可能多地掌握这个城市的细节和日伪政权的最新动向，而这一切的前提是变成地地道道的上海人，所以他不得不学会跳舞，以免与这个城市格格不入。

认识时间长了，苏曼玉有时会让乔秋华陪自己去凯司令咖啡馆坐一下午，她最爱那里的欧蕾咖啡和板栗蛋糕。有时搓麻将也会让乔秋华静静地候在一边。周末，苏曼玉是龙华孤儿院的音乐教师。在一片柔和的光线里，她弹着孤儿院唯一那台破旧的钢琴教孩子们唱道："万里长城万里长，长城外面是故乡。高粱肥大豆香，遍地黄金少灾殃……"歌唱声里，乔秋华分明看见这个女子的眼角闪烁着亮光。

总之，自己就是苏曼玉的跟班。乔秋华对此感到很不适应，也很不舒服。他向季凌峰诉说了自己的苦恼，结果季凌峰笑了，说道："你晓不晓得，有多少人做梦都想成为她的跟班。"

乔秋华说道："可是我一点都不想。"

季凌峰走到窗前，看着外面被霓虹灯光渲染的夜色，说道："上海这个地方，你要想搞事情就要先学会借势，和各方势力搭上关系，这样你才能做到游刃有余。同时，你要把自己的真实喜好藏起来。像她这种身份的人，连日本人都会投鼠忌器。所以，我命令你务必维护好这条线。这是任务！"

最后四个字不容抗拒！乔秋华苦笑道："我一定会执行任务，但从来没想过自己会去当小白脸。"

乔秋华很快成为苏曼玉最殷勤的跟班。他发现苏曼玉生活中最离不开的两件事是喝酒和抽烟，仿佛生来就是为了这些。她喝的是深受法兰西皇帝拿破仑喜爱的唐培里侬香槟，手指夹的是从古巴首都哈瓦那进口的蒙特克里斯托雪茄。听说受战争影响，这种雪茄的关税已经上涨了五个点。

　　视线里，苏曼玉始终穿着一袭红色旗袍，让她看起来像一束巨大的玫瑰。后来，乔秋华直接称呼她为"玫瑰小姐"。她报之一笑，大抵是接受的。

— 第七章 —
掌心雷

　　在上海，乔秋华意外遇见了宋福林。那天他路过沙浜路一间叫"大丰"的照相馆，刚好看见宋福林笑容可掬地将一对青年男女送出门。四目相对的瞬间，两人都愣住了。在客厅，宋福林给乔秋华倒了一杯茶。在交谈里，他主动说起了此前的经历。

　　1937 年 12 月南京失守前，国防部作战参谋室奉命撤离。他们在浦口登船，辗转来到重庆。在重庆待了没多久，宋福林辞职回到上海开了间照相馆过起清闲日子。这番说辞并没有让乔秋华相信，他猜测宋福林是另一条线上的战友。在上海，像这样的线多得数不清，线上的人也多得数不清，所以想查往往也无从查起。

　　当宋福林问起来上海的目的，乔秋华说："跟你一样，来这白相地儿寻生活。"

　　宋福林笑了笑，心里全明白了。

　　从大丰照相馆出来，乔秋华在大街上闲逛。突然迎面开来一辆日本军车，行人吓得退到一边。日本军车趾高气扬的德行让乔秋华心生不快，透出车窗他甚至能看到后座日本军官那颗高高扬起的头。

乔秋华拔出手枪朝着军车就是一通长点射。等车里的人跳下来，刺客和围观的人都已不见踪影。乔秋华不知道，自己差点就为上级拔掉了一个眼中钉。

半个小时后，日本上海派遣军司令部召开了一场紧急会议，除了司令部相关部门外，76号头子以及和平建国军的头头们都被叫到了会场。参会者进入会场发现桌上没有会议资料，他们都意识到这是一场不同寻常的会议。

本次会议由日本上海派遣军副司令武川泽明主持。武川泽明将一把东西丁零咣啷地撒到桌上。众人伸长脖子一看，那是五枚手枪弹壳。

武川泽明坐下来一言不发，拿起一枚弹壳轻轻敲着桌子，直到敲出优美的音律，众人才听见他们的日本主子说："诸位还不知道，就在半个小时前我遭到了袭击。"话一出，全场瞬间响起一片唏嘘声。

"根据现场提取到的弹壳，可以推知破坏分子使用的武器是勃朗宁M1911型手枪，大家都知道，这种手枪是重庆军的标配。可在座的某位同仁不久前向我汇报，上海的重庆分子已经被全部消灭。所以有人能向我解释一下这是怎么回事吗？"最后，武川泽明将弹壳用力地在桌上敲了下，将全场的人都震慑住。

安保部门负责人看到武川泽明目光如刀，直直向自己扎来。他明白，此刻对方恨不得一枪崩了自己，所以把脑袋深埋了下去。

武川泽明最后下了一道命令：哪怕把整个上海掀翻也要将潜伏者挖出来。在场所有人都因为这句话而忙碌不已。

乔秋华经常去大丰照相馆找宋福林喝茶，照相馆门口贴着招聘帮工的告示，但过了很久依然是宋福林独自忙进忙出。他们有时候会在客厅里喝茶，有时候会到文监师路的雅云轩喝上好的佘山绿茶。除了喝茶，他们还进行了情报互换。为了搞清楚宋福林的真实身份，乔秋华找借口查阅了自己组织在上海的所有据点，其中并没有大丰照相馆。由此，他判断这应该是中共的一条线。

乔秋华很明白，在偌大的上海地头，单靠一家根本玩不转，必须联合一切抗日力量搅起更大的浪头，让盘踞在这里的敌伪政权不得安宁。这件事情他没有向上级汇报，很多时候，他觉得汇报就是一种多余的举动。

乔秋华刚接到搜集与第九战区有关情报的任务，宋福林就将一份日军增兵长沙的计划放在他面前。乔秋华没想到日军又会对长沙发动进攻，似乎不攻下长沙誓不罢休。在 1939 年，日军就对长沙展开过进攻。在当地军民的齐力阻击下，十万日军最后大败而归。眼下，战争的乌云再次在那个千年古城上空聚集。

宋福林在一旁感叹："再打一次，这座古城怕是要报销了！"

乔秋华将计划放在季凌峰面前。季凌峰目光深邃地看着他，说道："据我所知，CC 团已经全部撤出上海。"

乔秋华没有接话，季凌峰于是直接问道："你手头还有中共的线？"

"是我的大学同学。"

季凌峰说道："虽然眼下是第二次国共合作，但任何事情最好都事先汇报一下。"即便语气平和，乔秋华依旧听出了季凌峰的不满。做完检讨，乔秋华问季凌峰认不认识中共在上海的负责人，对方摇摇头表示一无所知。

此时乔秋华脑海里浮现的依旧是宋福林的身影。

日本上海派遣军联合 76 号特工总部突然对上海的潜伏力量进行了围剿。一股风暴刮过后，上海站失去了三个报务组、四个通信组、两个行动组，以及十几名训练有素的特工。这次围剿行动的策划者和指挥者，日军上海派遣军副司令兼日本特高课华东区的负责人武川泽明中将迅速进入了上海站的暗杀名单，并且排在首位。

乔秋华找来了武川泽明的简历，教育情况一栏里写着：中学毕业后远赴重洋，先是在苏联伏龙芝军事学院当了一年旁听生，而后考上了法国圣西尔军事学院，还没等毕业就转学到英国桑赫斯特皇家军事学院，本科毕业后又赴美国西点军校攻读大兵团作战理论，取得了硕士学位。此外，他还有一年黄埔军校的交换生经历。乔秋华在心里冷笑一声。好家伙，这是把世界四大军校全部溜达了个遍。

刚把锄杀对象的情况摸清，老天爷就将一次机会送到面前。武川泽明将出席一场庆祝汪伪政府成立以及和平建国军建军的舞会，地点在华懋饭店。这也是向来谨慎低调的武川泽明一次难得的抛头露面。要想完成任务，乔秋华得先去见一个人。

敲门声响起时，苏曼玉缩在沙发上刚刚剪开一支蒙特克里斯托雪茄。她咬着雪茄头也没回地说"门没关"，然后点燃雪茄吸了一口，吐出一串长长的白烟，对推门进来的乔秋华说道："你是无事不登三宝殿吧。"

乔秋华觉得，粗大的雪茄跟她纤细的手指其实一点都不搭。他掏出一包上海华成烟草公司在1924年推出的金鼠牌香烟放在桌上，说道："我觉得还是这种烟适合你。"

见苏曼玉无动于衷，乔秋华又说："就当支持一下国货吧。"其实他是担心苏曼玉抽这么粗的烟会呛坏嗓子。

苏曼玉剪灭雪茄，从烟盒里抽出一支纤细的烟塞进嘴里。一同抽出来的，还有一张香烟片，上头画的是铁扇公主罗刹女。苏曼玉将烟吸了一大半才问他：

"无功不受禄。你有事情要求我吧？"

乔秋华将一份报纸放在桌上，上面头版头条是汪精卫在南京成立新政府的消息。苏曼玉看见汪精卫的照片上用红笔写了"国贼该杀"四个字。

"三天后，华懋饭店将举行一场庆祝舞会。我需要进入会场。"

苏曼玉凝视着他，突然笑了起来，说道："怎么着，你打算去那里掀浪头吗？"

乔秋华没有说话。

"你知不知道那是场什么规格的活动？到时候就连日军上海派遣军副司令武川泽明都会出席，他同时也是日本特高课华东区的负责人。"

"所以，我必须把握机会。"

苏曼玉将烟抽完，用力掐灭在烟灰缸里。沉默了有二十多分钟，她才说道："三天后，你来这里找我。"

到了约定时间，乔秋华敲响了苏曼玉的家门。苏曼玉放下手中的烟去开门。进屋后，乔秋华看见苏曼玉刚才抽的还是自己上次送她的金鼠牌香烟，想必是很喜欢。

乔秋华跟着苏曼玉一路走去，在卧室前停了下来。苏曼玉说道："过来啊！"

乔秋华为难地说："这是你的卧室。"

苏曼玉笑了，一把将他拉进去，说："女人的卧室又不是牢房，你怕什么？"

苏曼玉打开衣柜，里面有一套崭新的和平建国军制服。和平建国军属于汪伪军队，制服沿用了国民革命军的德式军装，唯一区别就是青天白日帽徽最外侧涂了一圈猩红。乔秋华知道，自己穿上它，就等于把"汉奸"两个字也穿在了身上。

乔秋华还在犹豫，苏曼玉已经将制服拿出来摊在床上。苏曼玉似乎看出了他的心事，说道："一件衣服而已，没什么大不了的。你不高兴了随时可以脱掉。"

军装胸兜里放着一本军官证，乔秋华的头像照贴在第二页，证件上的名字是周燕翔，身份是和平建国军第一集团军独立旅二团副团长。

此外，苏曼玉将一份舞会的大红请帖交给他，说："我只能帮你到这里了。"

"谢谢你。"

苏曼玉看着一身戎装的乔秋华，笑着说道："你是第一个进入我卧室的男人。"

乔秋华立刻愣住了，嘴唇动了动，欲言又止。内心巨大的惊讶让他有些不知所措。

苏曼玉满不在乎地拍拍他的肩膀，将他推出卧室。出门前，乔秋华转过身来拥抱了苏曼玉，在她耳畔轻声说道："等我回来。"

其实他不知道自己还能否回来。

之后，乔秋华在华懋饭店的聚光灯下大步向前，整个人显得英姿勃发，唯独两道眉毛拧得很紧。进门时，他的配枪被收走了。眼下没有了武器，他心里万分焦急。

舞会开始后，乔秋华一个人坐在角落里喝红酒，希望酒精能够帮自己的脑袋飞快运行。主意还没想到，他先看见浓妆艳抹的苏曼玉走了过来。她走路的姿势很奇怪，一边肩膀塌下去，另一边肩膀又高耸起来。

苏曼玉在对面坐下。乔秋华很惊讶，说："你怎么来了？"苏曼玉脱下一只高跟鞋送到他面前。

"我来给你送礼物呀。"

在苏曼玉神秘的笑容里，乔秋华低头一瞧，顿时惊得目光僵直。高跟鞋里是一支袖珍手枪。这种手枪的正式名称叫作勃朗宁 M1906 型手枪，在上海，它"掌心雷"的别名要比本名更为人所熟知。这种手枪有效射程只有三十米左右，让小孩拿在手里就像是一件玩具，但它确实是一种杀人利器。1939 年上海滩亲日派青帮头子季云卿被枪杀在街头，刺客使用的就是这种"掌心雷"手枪，自此，掌心雷在上海滩格外响亮。乔秋华赶紧拿过手枪放进口袋。

苏曼玉喝了一口红酒，说道："记住，这种手枪的有效射程很短，所以你只能走近些再下手。"

一想起这里即将上演凶险的枪战，乔秋华希望苏曼玉离开。但他又觉得这个女子既然有胆量来，就不会轻易离开。他站起来，主动伸出手："时间还早，先跳一支舞吧。"

见苏曼玉没有响应，乔秋华笑着说："你难道不想看看自己学生的跳舞水平吗？"

在苏曼玉略微诧异的目光里，乔秋华牵起她的手走向舞池。这是他头一次主动邀请她跳舞。在舞池里旋转的男女个个面色潮红，不知是因为酒劲上涌，还是意乱情迷。

拥住这个美丽躯体的时候，乔秋华在她耳畔轻轻说："那你索性好人做到底，再帮我一个忙。"

灯光下，苏曼玉露出美丽的笑容，一同露出的还有两个风情万种的梨涡。她说："你得寸进尺吗？"

乔秋华也笑着说："我这是趁热打铁。"

在一片温情的灯光下，两人尽情起舞。乔秋华凝视着这双美丽的眼睛，这曼妙的身姿，忽然一点都不想执行任务了。可是苏曼玉的身体渐渐离开了他，在灯光里走向远处。乔秋华的右手探进口袋抓住冰冷的掌心雷。

舞会进入高潮，武川泽明在热烈的掌声中走上台，全场的光都落在他身上，所有人的目光也对准了他，一同对准他的还有刺客的枪口。武川泽明开始演讲，他讲得很兴奋，从参加过日俄海战的祖父开始讲起，一直讲到自己在东北开的第一枪，然后帝国军队把数倍于己的中国军队撵出了东北三省，直至现在自己站在风光无限的大上海，眺望远处已是帝国军队大本营的南京。武川泽明进入一种狂热的状态，所以丝毫没察觉已经被死神的目光锁定。

全场灯光熄灭的下一秒，乔秋华拔出掌心雷朝台上就是一通猛射。与枪声一同响起的还有尖叫声。射光子弹，乔秋华将掌心雷丢进中央的喷水池里。

灯光重新打开时，刚才还激情飞扬的武川泽明已经躺在地上。特工都跑了过去，只见武川泽明两道已经僵硬的目光直直盯着天花板，仿佛锁定了凶手的轨迹。刚才乔秋华射出的三发子弹有两发击中了他，一发正中心脏，另一发正中眉心，所以这个激情飞扬的人哪怕有两条命也活不成了。特工们看见武川泽明的嘴唇动了动，好似想说些什么。离得最近的特工把耳朵凑过去，却什么也没听见。

日本卫兵和汪伪特工迅速封锁了全场，所有人都被赶到角落里，要求双手抱头蹲在原地。接下来，乔秋华开始演一个被扫了兴的舞客。

面对盘查，他不满地嚷嚷道："老子正跳到兴头上呢！"并且抬手给了负责盘查的特工两个耳光。特工带着发红的脸颊顶着乔秋华的目光，敬了个礼，然后客气又坚定地说道："长官，请你配合。"

乔秋华满不在乎地举起双手，特工在他身上搜查了一遍，除了一沓钞票之外什么都没发现。特工将钞票塞回衣兜，又敬了个礼，然后走开。

全场的排查结束后，可疑分子像一群羊被推搡进了审讯室。乔秋华从枪击现场大摇大摆地走了出来，他去上海站据点汇报了自己击毙武川泽明的前后经过，然后拿着季凌峰亲自颁发的奖金去城隍庙九曲桥畔的乐圃廊茶楼打包了松鼠鳜鱼、蟹粉菜心、虾子大乌参、腐乳扣肉，点心是三丝眉毛酥和桂花拉糕。

在杜美路苏曼玉的花园洋房，热气腾腾的菜肴摆满了一桌。乔秋华兴冲冲地举起酒杯，说："为了胜利干一杯。"

苏曼玉径直喝了一口香槟，语气冰冷地说："这里不是你们的庆功宴，你们的任务跟我无关。"

乔秋华尴尬地放下酒杯。这次任务的奖励是五根金条，乔秋华拿出两根放到苏曼玉面前。

苏曼玉看都没看金条："做什么？"

"没有你的帮助，我根本完成不了任务。"

苏曼玉将金条推还给他，说："我说了，你们的任务跟我没关系。你要是嫌钱太多了，不妨捐点给孤儿院，或者难民营也行。"

乔秋华收起金条，他只是不想对别人有太多亏欠，窗外，夜风肆无忌惮地狂欢，恨不得满世界制造出声响。屋里只有温暖的灯光，以及长时间静默的两个人。

他们一直坐到天色变亮。乔秋华想起临行前的那个拥抱，说道："从今天开始，你就是我的妻子。"

然而苏曼玉笑着摇了摇头，说："我根本不需要丈夫。"

没想到苏曼玉会一口回绝，乔秋华只好尴尬地说："抱歉。"

外头已经解除警戒，乔秋华拿过和平建国军制服穿上，开门离去。大街上荒凉无人，道路两侧的法国梧桐正在落叶，发黄的叶片划过乔秋华的视线，掉落在地的声音犹如一声声叹息。乔秋华听见自己心里也发出一声悠长的叹息，就像黄浦江上的汽笛声那样伤感。

昨晚那桌热气腾腾的饭菜让他忽然想要有一个自己的家，可是记忆中，另一个身影分明又闪烁起来。

第八章

孤身红颜闯狼窝

首战告捷的欢愉没有享受多久，一件麻烦事就找上了乔秋华。

事情起因是上海站的一名队员喝醉了酒，他喷着酒气闯进队长办公室要求借两根金条用来还赌债，得到的却是两记响亮的耳光。回去之后，他又灌下一瓶子酒，然后拎着酒瓶晃晃悠悠走在大街上，最后在日本宪兵司令部门口一头栽倒。

日本宪兵厌恶地将他拖到了角落里，结果听见他对着天空嚷了一句话，日本宪兵瞬间呆住了。随后，他就坐在了日本宪兵司令部的贵宾室里，面前放着一杯热气腾腾的宇治茶以及一份精致的日式点心。

宪兵司令尾田正雄亲自给他倒茶，并将十根小黄鱼扔在桌上，说道："这些钱赌上一年够不够？"

见对方低着头不说话，尾田正雄打了个响指，门外走进来两个穿着和服的年轻女人，白衣胜雪，眉目如画，身姿如杨柳婀娜。

尾田正雄说道："幸子小姐和枝子小姐是司令部慰问团最美丽的两朵鲜花，她们一直很仰慕英雄，尤其是识时务的英雄。是吧，两位小姐？"

两个女人齐声应和。尾田正雄拿起两根小黄鱼对敲了一下，说："金钱、美人，这是多少男人梦寐以求的东西。现在它们就在你面前，唾手可得。老天爷可不会给每个男人这样的机会。"

队员抬起头来。

赶巧不巧的是，这名队员经手过乔秋华的身份办理。虽然他只掌握了乔秋华是重庆来的这一线索，但是仅仅半个小时后，乔秋华住处楼下出现了很多陌生的面孔。

看到分布在楼下各个角落的便衣，乔秋华明白，自己这一次被死死咬住了，只是不知道对方是 76 号还是日本人。他在心里祈祷是前者，要是落在汪精卫手上，或许还有回旋余地。但要是撞在日本人枪口上，除了死路没有第二条路可以走。看见便衣微微凸起的腰部，乔秋华打消了突围的念头。

乔秋华被关进牢房的同时，警察敲响了苏曼玉住处的门。苏曼玉刚刚醒来，刚才在梦里她见到了父母，团聚的时光还没享受多久就被敲门声拉回到现实中。

苏曼玉打着哈欠去开门，拉上睡袍遮住胸前裸露出的一块肌肤。这件睡袍穿了许多次，已经松松垮垮，其实早就可以扔掉换新的，但她一直舍不得，因为这是母亲送给她最后的礼物。

那天是 1931 年 9 月 19 日，沈阳沉浸在秋日的安详里头，人们似乎提前感受到了过年的氛围。苏曼玉拉着母亲上街闲逛，她们的身高、体型相差无几，从背后看过去就像姐妹俩。在路边的衣摊前，苏曼玉看中一件睡袍，母亲微笑着说："喜欢就买下来。"苏曼玉觉得母亲的笑容比睡袍要更加好看。她们都没发觉，路中央的行人突然退到了两边。

视线中一个黑影快速闪过，伴随着一声瘆人的闷响，母亲的身

影瞬间消失，苏曼玉视线里只剩下许多巨大的甲虫，甲虫没有腿，身子底下是四个轮子，在街面上扬起漫天灰尘。苏曼玉很奇怪，怎么没有交警去阻止那些家伙。她的目光盯着那些甲虫，所有甲虫的身上都有一大片红色，就像一滴巨大的鲜血。这些大甲虫是从哪里来的？母亲上哪儿去了？苏曼玉抓着那件睡袍，半天都没有回过神来。

直到全城的人开始逃难，苏曼玉才得知沈阳城摊上了一件大事。没多久后苏曼玉又得知，不光是沈阳城，整个东北三省都摊上了大事。几十万东北军被数量远远少于自己的日本兵赶到了山海关内。那时候东北人民心里都有个疑问：如狼似虎的东北军在日本兵面前为何这样胆小如鼠。

门打开时，一束阳光与苏曼玉撞了个满怀，她又打了个哈欠，靠在门上对外面那位年轻警察说道："有事吗？"

警察笑了，反问道："你说呢？"

苏曼玉回屋化了个淡妆，换了件崭新的月白色旗袍，并套了件披肩，然后才对不耐烦的警察说道："带路。"

审讯室里，年轻警察问道："姓名。"

苏曼玉拢了拢头发，说道："先给我来一杯咖啡，不要放糖。再来一支金鼠牌香烟。"

年轻警察冷冷地笑了："你把这里当成什么去处了？"另外一名警察拉了拉他的衣袖，说道："这里没咖啡，也没小娘们儿的金鼠牌，只有大老爷们儿的三炮台。"说着抽出一支三炮台塞进苏曼玉嘴里。

两名警察看着她有一搭没一搭地抽烟，直到烟只剩下个屁股，被她用力踩灭在地上。

年轻警察将一张乔秋华的证件照放在她面前，说道："说说你们的关系。"

"怎么的，他杀人放火了吗？"

年轻警察说："他犯的事恐怕比杀人放火还严重。"

苏曼玉笑嘻嘻说："既然这样，你们该找他去啊，问我干什么？"

年轻警察一拍桌子，说："想找不自在吗？"

苏曼玉耸耸肩膀，懒得再跟他们啰唆，说："让孙道扬来跟我说话。"结果两个警察相互看一眼，全都笑了起来，他们都觉得眼前这个女人实在是有点拎不清。

年轻警察嘲讽道："'孙道扬'是你叫的吗？我们都叫他'孙局长'。"

"那是你们。"

警察收起笑容，换成阴冷的神情。

"看来得给你换个地方。"

苏曼玉双手往胸前一叉，说道："悉听尊便。"

局长办公室里，孙道扬正在听下属汇报刚刚执行的一场抓捕。当说起被带回警局的那个女人时，孙道扬似有所察觉，打断了下属的汇报，说道："带我去见见那个女人。"

看见女人的脸时，孙道扬先是吓了一跳，然后转身给了那名年轻警察两记耳光。

仅仅几分钟后，苏曼玉就成了上海警察局局长办公室的座上宾。一进去，她就坐在沙发上，跷起两条腿搁在茶几，将自己摆成一个"大"字，仿佛她才是这里的主人。孙道扬亲自泡了一杯茶放到她面前，并将果盘推过去。

苏曼玉没理会那杯热气腾腾的茶，拿起一只葡萄柚转动着，用眼睛扫了一下孙道扬，说："看来你的小日子过得相当可以。"

孙道扬赔着笑："还凑合，还凑合。"

"那你欠老娘的十五根金条什么时候还清？"

孙道扬脸上的笑容立刻停滞住了。

"不是只有十根吗？"

"你不晓得老娘借钱从来都是收的五分利吗？"苏曼玉把话讲得理直气壮。

孙道扬叹了口气，心想这位"辣手女皇"当真名副其实。

苏曼玉打了个响指，孙道扬连忙殷勤地递上一支烟。正要替她点着，结果苏曼玉手指一松，烟掉在地上。

"你这里应该有上好的马尼拉货。"

孙道扬赶紧去办公桌的抽屉里拿出一支亨牌雪茄替她点上。直到屋子里烟雾弥漫，苏曼玉才说："我们做个交易吧。"

苏曼玉将乔秋华的证件照放在桌上，说："听说你跟76号里的头头脑脑关系不错，帮忙把这个人从日本宪兵司令部里捞出来，你欠我的钱连本带利都不用还了。怎样？"

孙道扬问："从哪里捞出来？"

苏曼玉重复了一遍："日本宪兵司令部！"

孙道扬苦笑道："我还以为自己听错了。"

"那你听好了，我想麻烦你把他从日本宪兵司令部里捞出来！"

孙道扬皱起眉头："你晓得的，日本人那边的事情向来都难搞得很。"

"好办的事情，我一定想不到孙局长您，我记得您还有'万能手'的称号。"

苏曼玉把话说得客气些了，但孙道扬更加感到了压力。要是自己没办成，怕是在这位祖宗面前轻易过不去。

孙道扬想了想，勉强地说："我试试看。"

苏曼玉离开后，孙道扬拨通了一个电话。电话那头是位于吉斯菲尔路的76号特工总部。接着，76号又拨通了一个电话，那头是日本宪兵司令部。可是这个电话拨通后的结果并不令人满意，那边似乎有着无比坚硬的铜墙铁壁，任何东西撞到那边都只会头破血流。

虽然在电话里被骂了个狗血喷头，但一放下电话，孙道扬幸灾乐祸地笑了半天。若能看到"辣手女皇"出一次洋相，就算被骂上十回都认了。孙道扬带着幸灾乐祸的笑容给苏曼玉回了电话，没等把话说完，那头已经挂断。

日本宪兵司令部的哨兵大概做梦都想不到，会有人在光天化日之下闯入这里。因此当苏曼玉迈着大步，趾高气扬地从大门走进去时，平日里凶神恶煞的哨兵一个个都忘记了阻拦。在他们的视线中，一身洁白阴丹士林布旗袍的苏曼玉犹如富士山上走下来的女神，将他们个个都震慑住。

宪兵司令尾田正雄正在主持一场会议，他很快就张着嘴不说话了，目光盯着门外，下属们纷纷也看了过去，瞬间惊得面面相觑。在他们的视线里，一个冰雪般的身影正在逼近。苏曼玉径直走到会议桌前，四目相对的瞬间，尾田正雄意识到了什么，挥手让其他人退下。

看着苏曼玉冷酷的表情，尾田正雄露出笑容，说道："苏董事长是来寻仇还是问罪的？"

苏曼玉脸上也露出笑容，说道："都不是。"她将一只木盒放到桌上，说："来送大礼。"

木盒打开的瞬间，万道金光喷涌而出，里面是满满一盒大黄鱼，正中间竟然还有一颗九七式步兵手雷。苏曼玉将木盒推到尾田正雄面前，离他的手只有一寸左右，只要稍微一动就能够着一大笔财富。

在苏曼玉的注视下，尾田正雄把手伸了过去，但并没有拿起金条。尾田正雄将手雷放在手心掂了掂，说道："没错，九两多重，我还以为你拿颗木头削的来吓唬我呢。"

苏曼玉说道："我知道尾田司令是职业军人。"

"你说得没错。所以，这对我来说不算什么。"尾田正雄将手雷放回盒子，撞出一片响声，说，"苏董事长如果是来捞人，那我很遗憾地告诉你，司令部还没有过这种先例。"

苏曼玉拿出一根大黄鱼放到桌上，说："相信特事特办的情况总是有的吧。"

尾田正雄微笑着摇头，苏曼玉又拿出一根大黄鱼放到桌上。

"我不相信尾田司令是个不近人情的人。"

苏曼玉将大黄鱼都放在桌上，尾田正雄依旧摇了摇头。苏曼玉看着他，忽然露出个妖媚的笑容，说："我险些忘了，男人不止这一种爱好。"

在来之前，得知苏曼玉要去日本宪兵司令部，孙道扬吓得脸色煞白，连连阻止道："去不得呀，那里可是个狼窝，你去了等于是羊入虎口。你知不知道，日本宪兵司令尾田正雄在1937年参加过进攻南京的战役。"

尽管听得心惊肉跳，但内心的决定丝毫没有动摇。苏曼玉狠狠掐灭烟头，说："有些事，我必须得做。"孙道扬反问她："值得吗？"苏曼玉说："或许吧。"

苏曼玉解开旗袍领子处的第一粒纽扣，里头露出一抹亮白。尾田正雄把头扭开了去，凝视着墙上那幅巨大的天皇画像，自言自语般地说："非常抱歉，我应该是个没有任何爱好的男人。"

苏曼玉把手一摊，说："以上就是我所有的筹码了。"

尾田正雄转过身来，问道："我要是不答应，会怎么样？"

苏曼玉挺挺身子，目光望着金光里那团凶险的黑色，语气平静地说："若士必怒，伏尸二人，流血五步，天下缟素。"

尾田正雄沉默了，只有战国勇臣坚贞不屈的声音在魔窟内回荡。阳光照进屋内，金条光芒四射，将包围在内的黑色压了下去。尾田正雄看到此情景，发出一声长叹，内心终于妥协了。事实上，这是第一次妥协。此前在进攻南京的战役中，他与部下几次被中国军队包围，从未产生过投降的念头。今日对着这个弱女子，内心竟然软了下来。尾田感到很不可思议，他是个没有情欲的男人，因此百思不得其解。

走出日本宪兵司令部大门，苏曼玉长出了一口气。这口气似乎已经憋了很久，此时五脏六腑都放松下来。她忽然感觉后背上黏糊糊的，用手一摸才发现汗水已经湿透了内衣。自己刚才可是从魔窟中全身而退，所幸把魔鬼也搞定了。试想如果尾田正雄动粗，她会毫不犹豫地扑过去拉响手雷。那颗手雷既是震妖令，也是护身符。

两天后，孙道扬给苏曼玉打了电话，通知她去日本宪兵司令部领人，苏曼玉却在电话里说："他自己有脚。"

孙道扬还说："为了这事，我可是又破费了五根金条。"

苏曼玉冷冷地回应："用不着跟我说这个。"

牢房里，尾田正雄将一小瓶清酒和两只酒杯放在乔秋华面前，打开瓶盖将里面的酒全部倒进酒杯，然后举起其中一只酒杯。

见乔秋华不为所动，尾田正雄笑着说："作为男人不应该对美酒无动于衷。你是怕我在酒里下毒吗？"

乔秋华盯着他，冷冷地说："我喜爱美酒，可惜没有与敌人碰杯的习惯！"

尾田正雄喝完酒，放下杯子说道："就连自己被释放的庆功酒都不愿意喝？"

乔秋华诧异地看着他。

尾田正雄把苏曼玉上门要人的经过说了一遍。最后，他强调了一句："这个女人对你很有心，你要知道感恩，不能对人家始乱终弃。"

尾田正雄又说："人们都说爱情的力量使人伟大，我从前觉得是无稽之谈，今天才知道说得没错。可惜我们军人的心是钢铁做的，不能享受爱情的滋润。"

乔秋华道："那是你以及你们国家的偏见而已。"

走出日本宪兵司令部大门前，乔秋华回过身说道："看来'有钱能使鬼推磨'对你们日本人也好使。"

尾田正雄笑而不语。乔秋华走出司令部大门，尾田正雄的回应才远远传了过来。

"'人为财死，鸟为食亡。'我没记错的话，这是你们国家的至理名言。不是吗？"

苏曼玉做了一桌热气腾腾的晚饭，看到胡子拉碴的乔秋华缓缓走进屋内，她笑了笑，说："洗个手，快吃饭吧。"样子像个地道的上海主家婆。

在苏曼玉的笑容里，乔秋华觉得好像什么事都没发生过。能够从日本宪兵司令部完好无损走出来的估计也只有自己了，所以又欠了苏曼玉一个天大的人情。乔秋华不明白，既然苏曼玉拒绝了自己的求爱，为何又如此为自己全力以赴？

坐下来吃了一会儿，乔秋华问道："你换住处啦？"此处并非苏曼玉在杜美路的花园洋房，而是巨籁达路上的一间公寓。乔秋华不知道的是，杜美路的花园洋房已经归尾田正雄所有，这也是他为何能毫发无损归来的原因。

苏曼玉给他夹了一大块水晶肘子，笑着说："快吃饭吧。"看着油光锃亮的水晶肘子，乔秋华忽然就想静静地过日子，什么事也不要管了。

之后的一天，苏曼玉告诉乔秋华一件事情。乔秋华听后没有说话，只是脸部的肌肉抽搐了几下。

上海情报站的据点内正在开会，门突然被撞开，吓得参会人员纷纷掏出枪。乔秋华拎着枪冲进会场，对着其中一名参会人员就是好几枪，对方还没反应过来就倒地毙命，其余人手中的枪全部指向了他。

季凌峰赶紧阻止了他们，问道："你怎么回事啊？"直到乔秋华把事情的前后经过说了出来，人们才放下了枪。乔秋华建议将据点迁移，并在内部开展一次排查，季凌峰吩咐手下照做。

站长办公室里，乔秋华向季凌峰伸手要赏钱。季凌峰将一根小黄鱼放到乔秋华手心，谁知对方的手并没有缩回去。季凌峰无奈地又给了一根小黄鱼。

乔秋华抓着两根小黄鱼转身就走，季凌峰叫住了他，说道："你以前不这样的，是遇到什么事了吗？"

乔秋华说："人偶尔也会变的。"

季凌峰告诫道："你任何时候都要明白，干我们这行会有赏钱但不是为了钱。否则的话，会很危险。"

只有乔秋华自己明白，要钱是为了尽可能弥补对苏曼玉的亏欠而已。

乔秋华再次向苏曼玉求婚，这次她没有拒绝，而是问他："你想好了吗？"

那个身影立即在眼前晃荡，乔秋华口中依然说："想好了。"

乔秋华与苏曼玉在圣女小德肋撒堂举办了婚礼，这里对乔秋华来说是旧地重游，这里埋藏着他唯一一次接受施舍的经历。那是淞沪会战开始后的一天，身无分文的他来到位于大通路35号的圣女小德肋撒堂。虽然心里有迟疑，但他还是推门进去。厚实的木门发出一声低沉的"吱呀"，犹如岁月一记沉闷的喘息。

里面已经排起了长长的队伍，上海战事爆发后，难民越来越多，他们的家被从天而降的炮弹毁灭，为了保命不得已踏上逃亡之路。

为了帮助难民，圣女小德肋撒堂每天会布施三十根法棍，领完为止。乔秋华目测了一下队伍长度，发现轮到自己正好是第三十根。接过法棍时，乔秋华清楚看见年轻修女眼里闪烁的鄙夷，手里的法棍突然变成了一柄锤子，狠狠敲在自己的自尊上。乔秋华觉得自己无比讨厌法棍，可是肚皮无比迫切，他朝法棍用力咬下去，结果发现法棍根本是索然无味的东西。

婚礼是秘密举行的，偌大的教堂里只有一位身穿黑袍的神父以及两名幸福的新人。日后回忆起来，乔秋华总是心怀歉意，他觉得像苏曼玉这样的女人需要的是一场盛大的婚礼。苏曼玉却笑着说："简简单单也蛮好，毕竟两个人结婚就是一起过日子，把日子过好比什么都强。"

与苏曼玉结婚，乔秋华没有事先汇报。虽然极力隐瞒，结婚的事情还是被上司知道了。在上海站据点里，季凌峰笑着说："我让你维护好这条线，没想到你都维护到床上去了。"

"假戏真做也未尝不是件好事。"

季凌峰说："那祝你们幸福，也希望你不光做一个好丈夫。"

在神父面前牵起苏曼玉手的那一刻，乔秋华分明对刀光剑影感到了厌倦。可是他很清楚在打败侵略者前，幸福、温暖都只是转瞬之间的幻影。

第九章

通行证

12月25日是西方的圣诞节。然而1941年的那一天对于被称为"东方之珠"的香港来说是黑色的圣诞节。1941年12月25日，日军攻占香港，香港总督杨慕琦代表港英当局向日军投降，全体驻港英军被缴械后分批关押，大街小巷上一时间飘扬着膏药旗。

乔秋华从报纸上看到了香港沦陷的消息。在他看来，那位远在大洋彼岸老爱比画"V"字的英国首相该着急了吧。那位身材微胖的首相以镇定自若和幽默著称，即便在不列颠空战最危急的关头，他面对着镜头还能露出轻松的笑容。香港沦陷，等于是日本人往他脸上狠狠扇了一下，不知道他还能不能笑得出来。

乔秋华还发现其他人对于香港沦陷的消息也没有过于激烈的反应，最多发发牢骚，说些"英国人式不争气，一枪没放就投降了""要是咱们的部队驻守在香港，非先跟日本人干几架再说"之类的话，体现出市井小民爱说现成话的特点。乔秋华不知道，在城市的另一边，有一群人已经急得火上房，而且就要找上他。

宋福林给乔秋华打了电话，一开口就是约喝茶，而且不管有没有时间都必须去。乔秋华握着电话，着实有些莫名其妙，他不明白喝茶这种悠闲的事情干吗要弄得火急火燎的。

乔秋华无奈地说："那就去老地方吧。"

宋福林反对道："不，就来我的照相馆。晚上六点，我等你。"

挂掉电话，乔秋华心里的疑虑越来越深。宋福林看起来并非真心约自己喝茶，八成遇到事情了，让他慌成这样搞不好还是天大的事情。

夜晚六点，大丰照相馆，大门还有一块门板没有安上，透出的灯光将夜色渲染出温馨的氛围。最后一块门板好似特意没有安上，以此等待最后的访客。

乔秋华一进门，宋福林就将最后一块门板安了上去，然后一把将他拉进里屋。乔秋华看着空无一物的桌面，笑着说："你约我喝茶，怎么茶也没泡上。"

宋福林面有焦急，说："事情过后，我请你喝三天三夜的茶。"接着将一份报纸放在乔秋华面前，上面最醒目的四个字是：香港沦陷。

乔秋华说："我已经知道了。没想到英国人这么不经打，连日本人也对付不了，照这样子希特勒的军队非打到丘吉尔的卧室里去不可。"

"对我们来说，最糟糕的不是香港沦陷，而是那里有很多我们的文化名人，像周滔、刘亚、廖建民等，他们手中的笔就是抗击日本侵略者最好的武器。一旦日本军队进入香港，他们的处境会非常危险，日本人肯定不会放过他们。"

乔秋华说："我记得香港沦陷前，国民政府已经派出了专机前往香港接人，他们应该都已经脱险了吧。"

宋福林立即露出苦笑："老兄，你想得太美了。你以为国民政府派出的专机当真是去接文化名人来着？带回来的都是国民党要员们的家眷。"

见乔秋华露出惊讶的神情，宋福林接着说道："你知道吗？现在日本人打着各种幌子在搜捕香港的文化名人，他们在报纸上刊登寻人启事，甚至都在电影院打出告示，点名要求会面。他们一现身肯定会被日本人软禁，到那时恐怕生死都难料。"

乔秋华问道："我能帮助你什么呢？"

"帮忙找渠道让被困在香港的文化精英们撤离香港，去哪儿都成，延安或者重庆。"

"这恐怕很难，日本人占领香港后一定第一时间对水陆交通要道进行严控。"

宋福林语气坚定地说："我们必须救出他们，无论有多么难。"

乔秋华不说话了，心里的焦急程度丝毫不比宋福林轻。乔秋华原本打算先向季凌峰汇报，等到了据点门口，他的脚步又停住，猛然想起国民政府之前挂羊头卖狗肉的行径。军人以服从命令为天职。在这件事情上季凌峰哪怕有心也无能为力。乔秋华叹息一声，在夜色中转身离去。

当晚，乔秋华在各种念头的碰撞中艰难入睡。谁知睡着了也没有消停。第二天一早，苏曼玉整理床铺时说道："你说了一晚上梦话。"

乔秋华揉揉惺忪的睡眼，说："是吗？"

"你一有心事就会说梦话，每次都这样。"

乔秋华犹豫着要不要把心中所想告诉苏曼玉。出门前，苏曼玉看了他一眼，眼神似乎在告诉他些什么。

一天里头，乔秋华心不在焉地做了些事情。晚饭桌上，乔秋华端着碗不紧不慢地吃饭，对面苏曼玉倒了一杯歌海娜红酒，将杯子里的红酒晃了晃，说道："这是你最喜欢的红酒。"

乔秋华抬头看了一眼，点点头。苏曼玉喝了一口，说："你不用瞒着我，在睡梦里你已经把事情说得一个字都不剩了。"

乔秋华听得心头一惊，他不敢贸然接话，生怕这是苏曼玉为了套话而设的圈套。苏曼玉仿佛看出他心头的顾虑，露出淡淡的笑容，还带着不屑的神情。她将杯中的酒喝完，放下酒杯说道："我认识岩井机关的掌门人，那里可以搞到进出香港的通行证。我可以帮你牵牵线。"

说到这里，苏曼玉顿了顿，然后又补了一句："当然了，我只能帮你到这里。成不成，还得看运气。"

这无疑是送上门来的机会，也是眼下唯一的机会。乔秋华在心里长叹一声，明白自己又要欠苏曼玉一个天大的人情。

岩井机关是日本外务省下辖的情报机构，与当时的日本特高课、梅机关等情报部门一样，都是日本占领军用来盯紧汉奸政权和沦陷区中国人的眼睛，彼此间既是通力合作的关系，同时又免不掉为了业绩而相互较劲。

近来，岩井机关的掌门人岩井光弘为了张罗兴亚建国运动的事情已经把自己变成了一个高速旋转的陀螺。兴亚建国运动的实质是妄想通过鼓吹中日文化交流之类的幌子，从思想上瓦解中国人的抵抗意志。此类运动与头号汉奸汪精卫发起和平建国运动如出一辙，老百姓早已见怪不怪，自然也不会被糊弄。沦陷区的中国人不买账，那么岩井光弘就算把牛吹上了天也不顶事。不久前，日本华东派遣军司令官西尾将军召见岩井光弘，虽然只是谈话，但西尾将军脸上已经有明显的不满。岩井光弘清楚得很，要是兴亚建国运动再无起色，自己机关长的职务搞不好会被撸掉。

可是要消除掉中国人的敌视心理哪有那么容易？毕竟帝国的军队是明火执仗地打进人家门的，这无异于强盗行径，主人脾气再好也不会给好脸色。岩井光弘明白，没有中国人，尤其是中国有头有脸的文化人配合，自己的工作只会抓瞎。

办公室里，岩井光弘刚刚起草完一份关于针对占领区中国人思想教育的方案，他拿起来看了看，摇摇头，将方案揉成一团丢进垃圾篓里，靠在椅背上闭目养神。脚边的垃圾篓里已经有了十几个纸团。

敲门声响起来，没等岩井光弘答应，脚步声就从门外传了进来。岩井光弘猛地坐直身子，正要发脾气，结果看见苏曼玉踩着高跟鞋走进来。岩井光弘的表情缓了缓，指指对面的客椅示意苏曼玉坐下来。

岩井光弘看着眼前这张美丽的面孔，他是一个喜爱女色的男人，但仅限于欣赏层面，就像欣赏一朵娇艳欲滴的鲜花。可是眼下迟迟没有进展的工作让他面对美人也没有了兴致。此时，岩井光弘明白这个女人乃是无事不登三宝殿。

苏曼玉把双手抱在胸前，说："岩井先生近来好像忙得很哪。"

岩井光弘点点头："确实遇到了一些麻烦，不过我能解决掉它们。既然苏小姐来了，我想还是谈点有趣的事情吧。"

苏曼玉却摆摆手，说："今天就谈谈工作上的事。说得更加确切，我是来为岩井先生解决困难的。"

岩井光弘立即露出惊讶的神色，说道："是吗？"苏曼玉看出了对方目光里的惊喜，赶紧趁热打铁。

"我国有句老话，在家靠父母，出门靠朋友。还有句老话，多个朋友多条路。岩井先生难道不想给自己多找条办成事的路子吗？"

听到这话，岩井光弘凝视着苏曼玉，接着笑了起来，说："苏小姐什么时候也做起掮客来啦？"

苏曼玉竖起食指晃了晃，说："你错了，我分文不收。就看岩井先生信不信得过我。"

岩井光弘点点头，苏曼玉便前前后后说了一大通，把乔秋华包装成致力于中日文化融合的学者，但是苦于找不到施展才华的平台。

她很清楚，眼下这类人是岩井光弘迫切需要的。看到岩井光弘发亮的眼神，苏曼玉更加有了信心。

听完，岩井光弘琢磨了一会儿，然后说："麻烦苏小姐转告那位先生，只要能帮上我一丁点忙，价钱随他开。"

岩井光弘拉开抽屉拿出一根小黄鱼递给苏曼玉，说："这是定金，也是鄙人的诚意，当然希望那位先生也是充满诚意的。"

苏曼玉把玩着手里的小黄鱼，慢吞吞地说："没想到岩井先生这么爽快，我应该赶紧把那位先生领到您面前来。"

在巨籁达路的住处，苏曼玉说起了面见岩井光弘以及谈妥的结果。乔秋华听完说道："我还以为你把整套方案都做好了呢？"

"我说了，只是牵牵线。"

"我不知道该用什么理由让他高高兴兴地开出通行证。"

苏曼玉耸耸肩，说："那我也不知道了。"说完往卧室走去。

乔秋华站在原地苦笑说："你就不能好人做到底吗？"

苏曼玉头也不回，把话丢过来："不好意思，我从来都是救急不救穷的。"

虽然离成功还差得远，但好歹也迈出了有利的一步。眼下的难题是，用什么理由让岩井光弘开出通行证。

乔秋华谈到了岩井光弘当前面临的困境，宋福林觉得这是一次可以利用的机会，他心里大致有了这么一个设想：以协助岩井光弘开展思想教育的理由将滞留香港的文化精英召集过来，如此他们就能顺利离开香港。可是一个新的难题随之冒了出来：总不能让他们真的来上海吧，这等于是刚出煎锅又跳进了火坑。该怎样让他们最终没有来上海，而岩井光弘又不会追究呢？

这确实是个棘手的问题，两人讨论到深夜，在地上扔了一大片烟蒂，刚刚有点起色的工作立马又陷入了僵局。乔秋华走后，宋福林依然在暗室里思考。他的手指夹着烟，点着了却没有吸上一口，淡蓝色的烟雾在空气中变换着形状。忽然，宋福林看到烟雾摆成了两个字：诈死。他以为那是幻觉，揉了揉眼睛，眼前重新是冉冉而上的烟雾。但是"诈死"这两个字让他看到了一线希望。宋福林脑海里有了一个大胆的设想：如果文化名人们从香港出发，途中遭遇风暴之类的天灾，就可以借此制造出他们遇难的假象。如此一来既救出了文化精英，对岩井机关那边也能有个交代。

在所有念头中，这条计策越来越占主导地位，看似有些冒险，但不失为一条妙计。宋福林兴奋地掐灭烟头，站起来活动酸痛的腰身。

在之后的碰面中，宋福林把自己的设想说了出来，乔秋华惊得目瞪口呆，赶紧提醒道："要是真的发生海难，那一船人可就全完了，他们可都是我国的文化精英。"

宋福林面色凝重地说："对他们来说冒险一搏也远远好过坐以待毙，我们不能再等下去，他们也一样。"

从对方的眼神中，乔秋华看到了一种坚定。那是一种敢于抗争的坚定，让乔秋华的内心也再无迟疑。

乔秋华来到岩井公馆，刚坐下来，岩井光弘就说："乔先生，你来得太晚了。我当时跟苏小姐说的是希望你立即来找我。"

"上赶着不是买卖，我得等岩井先生想清楚了再来不是。"

岩井光弘笑了，说："机会稍纵即逝，乔先生最好还是把握住机会。"

乔秋华说道："素闻岩井先生致力于中日文化亲善事业，奈何势单力孤。我国古语道，众人拾柴火焰高。在下此番前来，就是助岩井先生一臂之力的。"

岩井光弘扬了扬眉毛，表明这番话听在心里很是受用。接着，岩井光弘说道："没错，我的确对中日文化亲善很感兴趣，最近也的确遇到了一些麻烦。乔先生看起来胸有成竹，想必是有妙计献上。"

"据我所知，帝国军队在华南取得了新的胜利，刚刚占领香港，这就是个绝佳的机会。"

"怎么讲？"

"中国有很多文化精英之前为了躲避战火逃到了香港，像周韬、刘亚这些人，他们在中国的文化界都是大有名气的，个个都是一呼百应。岩井先生何不争取争取？"乔秋华只是点到为止，他相信岩井光弘再傻也能听出弦外之音。

岩井光弘没有立即表态，捏着下巴似乎在琢磨。见对方犹豫，乔秋华又补充了一句："想必特高课、梅机关那帮人也不会闲着，岩井先生最好早做决断，晚了恐怕什么都捞不到了。"

岩井光弘嘴唇动了动，欲言又止。乔秋华明白岩井光弘在顾忌什么，主动表态道："我知道这件事情岩井先生不好亲自出面，我可以代劳，不过要收取一定的费用。我是商人，对政治、战争都不关心，我只在商言商，谁给我报酬，我就为谁效劳。"

"我之前对苏小姐说的原话是，谁能帮上一点忙，价钱随他开。我想，我已经有足够的诚意。"

乔秋华一拍大腿，说："那我就大包大揽下岩井先生的诚意。"

岩井光弘点点头："那么说说你的设想。"

"很简单，岩井机关长只要签署一项决定，内容是邀请中国文化名流召开座谈会，一律不得请假，不得请人代为参会。接下来机关长给他们下发一批可以前往内地的通行证，这样子他们就能顺利出香港。当然了，机关长本人不适合亲自出面，可以安排亲信一路护送。"

岩井光弘脸上凝重的神情流露出内心的顾虑，他望着窗外变幻的霞光，缓缓说道："此事可行，但是要慎重，既不能让帝国有关部门察觉，更不能让中国政府得知，否则后患无穷。"

在夕阳的余晖里，乔秋华坚定地说："我知道该怎么做。"此话既打消了岩井光弘的顾虑，也为自己增强了信心。

已经到约定时间，打烊后的大丰照相馆里只有座钟的嘀嗒声。宋福林坐在太师椅上，手边泡好了一杯佘山绿茶，但他没有喝上一口，茶水在冷落中渐渐冷却。

按照约定，乔秋华会在今晚敲响照相馆的门，无论带来的是好消息还是坏消息。总之，敲门声肯定会响起，然而宋福林心里依然忐忑不安，不知道自己即将等来的是喜报还是噩耗。宋福林闭上眼睛，静静聆听钟摆的声响，不安的心也渐渐沉静下来。该来的总会来！

门忽然被重重敲响，宋福林猛地睁开眼睛，敲门声太熟悉了。他飞奔过去拆下一块门板，满头大汗的乔秋华就一头撞了进来。

看见乔秋华狼狈的样子，宋福林的心猛地一沉。乔秋华拿起宋福林没喝的茶一仰脖子灌完，抹抹嘴，然后从怀里拿出一沓花花绿绿的证件，说了句"赶紧的吧"。

那些证件在宋福林的视线里大放光彩，于是他的眼睛也跟着亮起来。这一刻宋福林明白了，自己终究没有所托非人。

大丰照相馆突然关门了。大门上挂着一块牌子，上面写着：因事返家，休业一个月。有些老主顾未及时获知消息，来了之后莫名其妙地失望而返。

上海情报站的据点，乔秋华看到一摞照片，每张上面都是他进出大丰照相馆的身影。季凌峰问道："这段时间你为什么老是去照相馆？而且去的还是同一家。拍的照片呢，拿给我看看。"

乔秋华迎着季凌峰的目光，说："站长这是信不过我吗？"

"我信得过你，但我必须掌握每个人在据点外的行踪，这样整个组织才足够安全，不是吗？"

"照相馆的馆主是我的旧相识兼大学校友，我没事做的时候就找他去喝喝茶，别的什么也没干。"

季凌峰很意外："去照相馆喝茶？这种事情我还是头一次听说。"虽然语气平静，但话里话外已经有了浓浓的逼迫感。

乔秋华索性把话头一转，说："站长就看到了我走进照相馆，也没看到我干别的不是。"

季凌峰冷笑一声，说："要是看到你干别的，你恐怕早就没命了。"

乔秋华顿时语塞，季凌峰冰冷的声音迎面扑来："希望你记住，一个三心二意的人到了任何一方阵营都不会得到信任，更加不会有好的下场。"

乔秋华明白，自己所做的事情超越了组织，甚至超越了党派。别说是受到处分，哪怕把命丢了也义不容辞。他口头上答应着，心中却更加坚定了一个信念：无论是谁，只要真心为国为民，便是自己值得抛头颅洒热血的伙伴。

第十章

乘风撤离

广东东莞，大岭山，东江纵队根据地。

山洞昏黄的灯光下，一身长衫的宋福林正在同游击队战士讨论，他们面前摆放着一张巨大的地图。

自从香港沦陷，东江纵队已经成功解救出许多滞留香港的进步人士。解救过程中与日军展开了多次激战，可谓濒临九死一生但又峰回路转。

破旧的桌上摆着一本商务印书馆 1932 年出版的《三国演义》，灯光照亮了纸上的标题：七星坛诸葛祭风　三江口周瑜纵火。此章讲述的是赤壁之战前夕，诸葛亮巧借东风为后面大获全胜奠定基础，也充分体现出"天时"对于成事的重要性。讨论了一会儿，宋福林看了一眼桌上的《三国演义》，接下来要开展的行动也与风密切相关。

据最新气象消息，三日后会有超强台风经过香港周边的海域。届时搭载文化精英的客轮将从维多利亚港出发前往内地，客轮出发后不久就会遇上台风，东江纵队组织当地渔民趁乱划小船将文化精英们从客轮上救下，而后炸毁客轮制造因风暴沉没的假象。这是一

招险棋，稍有不慎非但文化精英们不能顺利脱险，参与解救的东江纵队战士也会有性命之虞。

香港街头，宋福林坐在小吃摊上享用一碗艇仔粥，粥的香味伴随着热气在空气里弥漫，而宋福林却眉头深锁，用勺子舀起一点粥送到嘴里，食不知味地咀嚼着。在这之前，他已经面见了周韬等文化精英，一番对接下来并不顺利。周韬等人一听说要前往上海为日本人服务，纷纷摇头，刘亚甚至直接抄起扫帚将宋福林赶出了门。总之，第一步行动结果是极其糟糕的。

宋福林手中的勺子又伸进碗，结果发出"叮"的一声。宋福林低头一看，发现碗底已经朝天，他放下勺子点起一根烟。上次就是在烟雾缭绕中，宋福林想到了诈死的计策，他期盼这一次也能理顺思路。纷飞的烟雾中，宋福林回忆起上门拜访文化精英的情景，当中只有周韬的表现没有那么过激，因此这是唯一的突破口。放下烟蒂，宋福林决定再次拜访周韬。

在青山道一座破旧民居里，宋福林敲响了周韬的家门。门打开时，宋福林看见脸色如白纸的主人，对方好似刚刚经历了一场噩梦。

屋里，宋福林看见桌上放着几枚子弹壳，再想起周韬的脸色，心里立刻明白了。宋福林说道："他们又来找过你了？"

周韬喉咙里发出"嗯"的一声。宋福林注意到他脸颊上一块隐隐的瘀青，正要开口问，一个小女孩跑过来，手中捧着一碗玉米粥，对周韬欢快地说道："爸爸该吃饭啦！"

周韬慈爱地摸摸小女孩的头，对她说道："妞妞先吃，爸爸跟这位叔叔说完话就来。"小女孩听话地捧着碗回了里屋。

宋福林说道："孩子这么小，吃这种东西怎么行？"

"没办法，日本人对各大粮号下了命令，不准卖粮食给我们。这点玉米还是开战时我从市面上抢购来的。我这里还有玉米粥吃，听说刘亚那边已经断粮了。"

"日本人这是要通过断粮的方式逼你们屈服。"

周韬儒雅的脸上露出冷笑，说道："他们这是痴心妄想！古有陶渊明不为五斗米而折腰，今天我们也是头可断，气节不可抛。宋先生如果还是来当说客，那现在就请回，鄙处的棒子面也不留你了。"

面对逐客令，宋福林一屁股在椅子上坐下来，说道："非也。我此番前来既是告诫诸位千万莫要与日本占领军合作，同时也规劝你们不要在一棵树上吊死。"

周韬投来惊讶的目光，宋福林接着说出最关键的几个字："周先生可曾记得'身在曹营心在汉'的故事？"

"那是。当年关云长在混战中与主公失散，为保全主公家小而投靠曹操，在曹营每一日都思念着旧主，面对金银美色、高官厚禄之诱惑也毫不动心。之后得知主公消息，便义无反顾地回到主公身边，此举堪称千古忠义。"

"倘若当年关云长拒不降曹，以卵击石最终全军覆没，怕是日后不会有过关斩将的壮举以及华容道放曹的故事了吧？不知周先生是否赞同我的这个观点。"

周韬点点头。

"那么诸位何不做第二个、第三个关云长呢？"

周韬明白了什么，转身进厨房捧出两碗热气腾腾的玉米粥往桌上一放，说道："在这里吃个便饭吧。"宋福林兴高采烈地拿起了筷子。

骆克道的一间公寓里，刘亚一家人瘫坐在椅子上，他的两个小儿子啃完了家中最后一块红薯，就连根须都吞了下去。此时看着饥饿的妻儿，刘亚满心的凄凉，自己潜心学术，赢得众多荣誉，如今却让一家老小过上了食不果腹的日子，当真是乱世中百无一用是书生。自己倒是有钱，可是全香港的粮食店都被日本人打了招呼，不敢卖一粒粮食给他，如今有钱也换不来粮食了。刘亚苦笑着发出一声叹息。

敲门声响了起来，刘亚身子一动想去开门，却发觉自己就连开门的力气几乎都没了。他冲门外喊了一句："走不动了，直接撞进来吧！"

结果门真的被撞开了，周韬和扛着一袋白米的宋福林走进屋。宋福林将白米放在桌上，又从怀里掏出几个烧饼递给刘亚的妻儿。妻儿们抢过烧饼张嘴便咬，看着狼吞虎咽的妻儿，刘亚又是一声叹息，打消了阻止的念头。

宋福林将最后一个烧饼递给刘亚，刘亚把头一扭，没有去接，藏在袖子里的双手已经紧紧攥起拳头。宋福林将烧饼放在桌上，向周韬使了个眼色，转身走出门。屋子里，刘亚的两个小儿子吃完自己手里的烧饼，又去抢桌上的烧饼，两个人都牢牢抓住烧饼不松手。刘亚一把夺过烧饼，折成对称的两半递给两个孩子，孩子们再次大嚼起来。

刘亚骂了一句："没骨气的东西。"这时候一只手搭在了他的肩膀上，周韬看着他，一副欲言又止的样子。

刘亚说道："你是不是已经答应他们了？"

屋外，宋福林抽着烟，脚边已经丢了好几枚烟蒂。房东太太走过来指责他："你打算把我整个房子都点了吗？"

宋福林赶紧表示歉意，并将烟蒂连同空烟壳丢出了门外。屋内那场对话让他揪着心，对于周韬能否说服刘亚，他其实一点把握都没有，中国的文人从古到今都是注重气节的，无论是陶渊明、文天祥还是史可法。

门终于开了，宋福林以为走出来的会是周韬，结果迎面遇上的是刘亚，对方先是凝视着他，然后伸出手与他握在一起。从无声的目光里，宋福林仿佛听见对方说："你好，同志。"他对这次的行动也更加有了信心。

突破口一打开，问题难题统统都迎刃而解。维多利亚港口，一艘客轮停泊在水面上，距离其他的船只有几十米，好似刻意脱离了群体。这艘客轮不久后将要搭载一批文化精英离开香港，也将成为掩护中国近代文化在动乱中艰难发展的一面屏障。

日本占领当局出于安全考虑，在船上进驻了两支小队，并配备九二式重机枪和大正十一式轻机枪各三挺。宋福林很清楚，一旦开始劫船将会是一场恶战。宋福林和三名东江纵队战士装扮成后勤人员进入客轮，那时候从香港来往内地的客轮上时常有走私交易，涉及物品包括手表、雪茄乃至枪支弹药，本来就是个混乱不堪的摊子，如今反而给宋福林等人的行动提供了便利。

货舱里，宋福林将一只哈瓦那雪茄箱藏到帆布下，其实箱子里的东西已经换成毛瑟手枪子弹以及九七式步兵手雷。宋福林只给安检员塞了十枚光洋就顺利将它们带上了船，当时安检员把玩着手中的光洋，心里想无论是中国人、日本人还是英国人，自己都不放在眼里，只有真金白银才是自己的爷叔，值得拿命去换。

客轮发出一声汽笛，缓缓驶离港口，留下岸上一群骂娘的人。本来他们才是这艘客轮上的乘客，没想到离登船一个小时的当口突然接到通知，船被日本军队征用了。更可气的是，船票也无法退还，因为航运公司拒不认账，表示对日本军队的行为一无所知。两头受气的乘客们除了攥着船票把日本人和航运公司老板大骂了一通之外毫无办法。

船舱里，宋福林望着远去的城市在视线中变作一帧模糊的图景。他明白，自己将完成一项壮举，最后不会有奖赏，也不会把自己的名字写进功臣名单之内，却是保留了民族希望的火种，是利国利民、

惠及千秋的伟业。他与另外三名东江纵队的战士去了趟货舱，出来时已经把手枪和手雷揣在身上，此时的客轮就像一个高浓度的火药桶，静静等待着那粒火星来引爆。

云层中响起滚滚惊雷，狂风在水面掀起巨大的浪头，平稳行进的客轮被巨浪打得摇摆不定，好像一只巨大的摇篮漂流在海上。押送的日本士兵和躲在房间里的文化精英们都感到难以理解，这艘船为什么非要在这种恶劣的天气里起航？此时，船上依然镇定的人只有宋福林。他拿起望远镜在海面上四处搜索着，仿佛已经看见战友们全部进入了伏击圈。

没想到意外抢先一步到来。一名日本士兵喝醉了酒，拉住一名东江纵队的战士非要划拳。在推托拉扯中，战士藏在衣服里的手枪"咣当"一声掉了出来。日本兵酒立马醒了，迅速去抢地上的手枪，战士扑过去时，手枪已经被日本兵拿在手里，战士赶忙劈手去夺，两个人扭打在一起。枪就在这时候走火，幸好子弹只是射进了墙内，不幸的是满满一船人都听到了枪声。

战士终于夺过了枪并对着日本兵的胸口一通点射，日本兵重重倒在地上。战士刚松了口气，结果听见激烈的枪声连同嘈杂的脚步声向这边赶来。

战士抬起手臂打出一通长点射，趁着日本兵分散躲闪的当口跃出两米开外藏到一处掩护物后面。他一边退一边还不忘将日本兵的长枪背到身上。日本兵再次围过来，皮靴踩踏地面发出的响声犹如粗重的呼吸。战士用手一摸腰间，发现三颗手雷都在，他把心一横，打算射完子弹后就引爆手雷。

一番对射过后，战士这边长枪短枪都打空了，日本兵在不远处躺倒一片，剩余的日本兵大概发现对方已经弹尽粮绝了，兴奋地包围而来。战士的手毫不犹豫地抓住手雷的弦，这一刻，他想起入党时高举右手宣誓的情景。当时"牺牲"二字只是用口说出，如今到了用生命去践行的时刻。战士义无反顾地拉响了手雷。

随着轰鸣声，客轮上迸发出一大团火焰，船体猛地颤动，一截烟囱在火光中飞上了天。船上所有人都被这突如其来的巨响吓蒙了，大家以为遇上了海难，胆小者钻入床下躲避，就连日本兵手里的枪都落在了地上。

回过神来，宋福林意识到不能再等了，他立即向剩余队员下达了行动指令。战士们举起枪扑向还没意识过来的日本兵，爆炸过后客轮上又展开了一场激烈的枪战。

即便是发生了爆炸，船长依旧待在驾驶舱内没有出去，他已经猜到船上所发生的事情，但并没有掉转方向，他很明白此时依照既定方向全速前行就是最好的援助。船长命令大副、二副开足马力全速前行。

大副转过身来为难地说："不行啊，前面就是台风区，我们必须绕过去，不然会被台风吞掉的。"

船长语气坚毅地说："全速前进。"见大副半天没有反应，船长一把推开大副，自己站到了大副的岗位上。茫茫湛蓝之中，只见一点火光迎着狂波巨浪奋勇向前。

枪战开始没多久局势就已经明朗，宋福林和几个战士被压制到一处角落里。日本兵似乎打算抓活的，见对方陷入绝境便渐渐停止了射击。此时宋福林他们只有两个选择，要么束手就擒，要么与敌人同归于尽。他们的子弹已经全部打光，唯一剩下的武器就是捆在腰间的手雷。

日本兵抽出刺刀别在枪头上，向他们这边步步紧逼，刺刀发出的寒光晃进宋福林和战士们的眼中。大家相互交换了下眼神，同时抓住了手雷的拉弦。最前面的日本兵离宋福林他们只有两米左右的

距离，日本兵兴奋地举起步枪，结果一颗子弹从外面飞进来，从他的头颅穿透而过。船上两拨人目光都朝同一个方向看去。

隔着舷窗朦胧的玻璃，他们看见很多人跳上了船，为首的一人让宋福林眼前一亮。跳上船的人转眼间冲进了船舱，每个人手里都握着一支冲锋枪，此时数十支冲锋枪对着日本兵劈头盖脸地扫过去，猝不及防的日本兵在枪林弹雨中接连倒地。宋福林也捡起地上的步枪加入战斗，等枪声消停下来，客轮上的日本兵已经全部被消灭。

宋福林丢掉步枪，冲着迎面走来的乔秋华一抱拳："谢了。"

乔秋华问道："人都带出来了吗？"

宋福林点点头："一个都不少。"

接下来，战士们开始打扫战场，日本兵的尸体被集中堆放到一起。是役，东江纵队阵亡五人，负责押送的日军全部被消灭。在餐厅里，船长送来香槟酒给参与营救行动的人都倒了一杯，大家举杯相碰，庆祝胜利。

船长刚把酒杯送到嘴边，忽然想起了什么，问身边的二副道："大副呢？"

二副茫然地摇摇头，表示自己一无所知。气氛一下子又紧张起来，所有人都放下酒杯，船长率先冲出船舱。

大家赶到地下舱时，正好看见匆匆走来的大副，在他身后是通讯室，那里面有可以对外联络的电台。一瞬间，所有人都明白了。大副先是愣了一下，接着飞快掏出一把手枪，口中高喊了一句日语，对着太阳穴扣动了扳机。一声枪响过后，大副的身体颓然倒地。

宋福林指挥战士们拖走尸体，问道："他刚才说什么？"

乔秋华回答说："天皇万岁。"

宋福林皱起眉头，转过身看着船长。船长读懂了对方目光里的含义，对着透进来的阳光露出个浅笑，说道："我是如假包换的中国人！"

坚定的语气犹如铿锵誓言，唤起信仰的共鸣，宋福林心里的怀疑顷刻间荡然无存，对着船长用力点头。这时候，一名战士跑进来报告："敌机来了！"

人们跑到甲板上，只见两架青苍色的战机正向客轮这边飞来。乔秋华问船长："船上有没有配备高射炮或者高射机枪？"

船长摇摇头，宋福林果断下令："所有枪支全部对空开火！"一刹那，步枪、冲锋枪全部朝空中开打，就连船长和二副也举起手枪。虽然没有防空武器，但此时数十支枪依旧组成了强大的火力网，两架敌机不敢再靠近，纷纷掉头逃离，其中一架躲闪不及，被击中一头栽进大海里。

海面上传来飞行员的呼救声，相似的场面让乔秋华退回到多年前的那幕情景，他正要说什么，宋福林对船长说道："请把船开过去救人。"

日本飞行员被拉上甲板时，乔秋华恍惚看见木村信哉的面孔在眼前闪了一下。他在心里问自己，如果重新选择，自己还会不会出手相救。心里立马有个声音回答："一定会。"那个声音，仿佛来自人性的深处。就算问一千遍，答案照样是这三个字。

乔秋华凝视着日本飞行员，用日语问道："你叫什么名字？"

对方用日语回答："高桥健三郎。"

宋福林吩咐战士："带他下去换身衣服，安排两个人看着。"

危机解除了，客轮继续航行，船上的人都不知道，更大的危机即将到来。

天空中电闪雷鸣，海面上波涛翻涌，天地间一场劫难正在拉开序幕。人们以为敌机再度来袭，跑出船舱才发觉，那是比敌机更加可怕的暴风雨。敌机可以被打退，代表着自然威力的暴风雨却难以

征服。此时宽阔的海面上只有一艘客轮如断根之苇随波漂流，后退已无路，唯有迎着暴风骤雨顽强前行。

这是狂野的台风，也是海面上可怕的灾难。在它面前，一切人力都是如此渺小。它是造物主的神威，在天地间肆无忌惮。船长果断下令开启全部航行灯照亮周围水域，以防客轮撞上其他船只或者暗礁。乔秋华透过舷窗望着海面，四处都是风浪，没有陆地，也看不到希望，就像此刻同侵略者艰苦战斗的中国，大片国土沦丧敌手。可是，哪怕希望渺茫也得斗争下去，唯有坚定地斗争下去，才可能看见希望在前方发出光芒，赢得生存的权利。

客轮发出一声汽笛，犹如坚定的呐喊，令所有人精神都为之一振。驾驶舱里，船长冷静地指挥操舵手调整航向避开风浪，每位工作人员脸上都没有慌张的神色。另一边，宋福林带领东江纵队的战士协助船员，船上是一幅齐心协力的情景。

风雨中，客轮如凌厉的刀片划开滔天巨浪驶向前方。倘若有位摄影师立于空中，一定能拍下令人震撼的图景。最终，暴风雨向倔强的钢铁身躯屈服，让出一条路，客轮开了过去，暴风雨的性子落到极点，自此几十年海面都无巨大风浪兴起。

海岸边，东江纵队的战士们正在指挥文化精英上岸。宋福林与船长、二副以及海员们一一握手。

"感谢你们。"

二副以及海员们离去后，宋福林对船长说道："我还不知道您的姓名。"

船长看着他，缓缓道："万千大众皆卫士。"

宋福林惊呆了。一个在他们阵营里流传的说法迅速闪现在脑海里：在华南地区有一名代号"海鸥"的同志带领着一支队伍与敌斗争，多次破坏敌人的阴谋，包括追踪日军神出鬼没的波雷部队、营救美国飞虎队战士。海鸥战队统归南方局领导，但从来都是用电台联络的方式，迄今为止南方局的领导人也从未见过"海鸥"同志本人，他们的联络代号便是"万千大众皆卫士"。

宋福林看见船长对他露出微笑，笑容里有初见战友的亲和，有鼓舞战斗的勉励，也有申明纪律的严肃。宋福林也对战友微笑点头，并保持应有的缄默。

文化精英们已经全部上岸，客轮重新起航驶向大海深处，宋福林站在岸上挥着手，视线里头，他看见一只矫健的海鸥勇敢地冲向蓝天碧海。阳光透过乌云抛下万千金黄，宋福林身披金黄日光，犹如精神饱满的战士。海面浪潮翻涌，似千军万马冲杀敌阵，声音如誓言铿锵。

罗浮山，冲虚道观。

一名中年男子接待了众人，周韬、刘亚纷纷过来与他握手言谢，而他也微笑着拍打对方的肩膀，如老友之间的寒暄。

送走文化精英，宋福林将一个玉米疙瘩递给乔秋华。乔秋华当真有点饿了，拿起玉米疙瘩咬了一口，口感粗糙之中自有一股甘甜直冲喉咙，犹如灼热真理突破黑夜阻挠发出万丈光华。吃完玉米疙瘩，他感觉浑身充满了力量，那是一种质朴又坚定的力量。那群人吃着最粗糙的食物，拿着最简陋的武器，却要和最凶残的敌人斗争，靠的应当就是这股力量。

战士们散去时，有名战士叫了另一个人一声，乔秋华猛地抬起头来，他分明听见那个在他心里变作绳索缠绕的名字。人群已经走远，乔秋华的目光急切追寻过去，转眼就奔到对方面前，问道：

"你叫什么名字？"

对方露出亲和的微笑，回答道："你好同志，我叫孙亚南。"

没错，记忆深处的那个人此时又站在面前，对他露出笑容。乔秋华也笑起来，眼角流下温热的清流。习习海风中，那令他心动的三个字飘出去很远⋯⋯

日本占领当局获悉文化精英逃离的事情后，负责人感到震惊、愤怒之余冷静地做出决断：假借客轮遇台风失事来掩盖自己的失职。他不知道，自己这个决定同时也巧妙掩护了另一拨人。

消息很快被海风吹到上海，当地人只是当作普通新闻浏览了几眼，可有的人就没这么轻松。岩井机关办公室里，岩井光弘拿着《朝日新闻》，眉头紧锁。虽然消息来自日本官方报纸，但他想来想去都觉得这是个圈套，又找不出疑点在哪里，毕竟那一船文化人都葬身在海浪里了。虽然没有为自己所用，但也没让他们跑到延安或者重庆，这个结果也勉强能接受。

岩井光弘望着窗外变化迷离的夜色，叹了口气，把报纸丢进了垃圾篓。

第十一章

异国遇故知

刚回到上海，乔秋华就被要求坐到岩井光弘面前。经历过之前的事情，他理应远远避开这个人了。

这次是季凌峰找上了他。国际反法西斯战场局势发生重大变化，欧洲战场上，不列颠空战还打得难解难分，希特勒迫不及待调集大军进攻苏联，史称"巴巴罗萨计划"。作为轴心国的成员以及德国的盟友，日本面临的选择有两个：要么北上配合德国夹击苏联；要么独自南下开辟太平洋战场。

而对于中国来说，最理想的结果莫过于第二个选择。倘若苏联在日德联合打击下屈服，英美等国就会选择对日妥协，到那时中国将失去国际援助。倘若日本选择南下太平洋，就会不可避免地与美国产生冲突，世界反法西斯阵营由此会多一位强有力的成员。那一刻，中国无论正面战场还是敌后战场，所有与侵略者战斗的人都在密切关注着。

此次任务是在日军行动前打听到日本当局的最终决定。得知任务的那一刻，乔秋华惊得目瞪口呆。这算得上最高层级的军事情报，自己一个小小的地方情报站工作人员，想要搞到这样的情报几乎是天方夜谭。

季凌峰大有深意地说道："别人的忙你都能尽心尽力，这次是自己家的事情，想你总不会敷衍了事吧？"

乔秋华明白，季凌峰看似温和的话语背后，实则是一种逼宫。为难之际，他想到那个红玫瑰般的身影，让他感到踏实，更给他传输了自信，最终一口答应下来。他哪里知道，对于季凌峰来说，这样的安排即便是最后任务失败了，也是一次铲除异心者的绝佳机会。

在住处，当他把请求说出来时，苏曼玉夹着金鼠牌香烟，缓慢地吐出一口烟，同样缓慢地说道："这可是比天还大的事情。天塌下来，我也顶不住的。别忘了我是个女人。"

看见苏曼玉眼睛里闪烁着拒绝，乔秋华叹息一声，就此作罢。虽然没有答应帮忙，但是苏曼玉给出了友情提示："这种事应当找日本人帮忙。"

关于人选，乔秋华脑海里第一个跳出来的日本人是岩井光弘，于是他再次拜访岩井机关。坐下来时，岩井光弘凝视了乔秋华足足有五分钟，然后才说："我在想要不要确认一下，自己面前的是活人还是鬼魂。"

乔秋华笑了起来，说道："鬼哪有大白天出来的，只有活人才会在大白天到处溜达。"

岩井光弘说道："在此之前，我以为你已经成鲨鱼的美餐了。"

"除了我，其他的人是这样。"

"看来，我们之间并没有合作的缘分。我很遗憾，为了证明这一点，还牺牲了贵国许多文化名人的性命。"

乔秋华摇摇头，说道："岩井先生说得不对。我死里逃生，相信就是为了和岩井先生继续合作下去。"

岩井光弘沉默了，他径自拿起一支烟点燃，目光久久望着窗外。平心而论，眼前这个人平安归来让他心里还是有三分惊喜的，眼下中国人当中除了公开与日军合作的人士之外，几乎找不到愿意与日本情报机关合作的人，而那些公开合作的人大多心怀鬼胎，脚踩几条船根本无法相信。眼下遇到乔秋华这样的合作者，不是最能体现中国民众的态度吗？烟即将燃尽，他的心里渐渐有了新的打算。

岩井光弘掐灭烟，拍拍手上的烟灰，说道："近日，文化部的小岛部长将组织召开有关中日文化往来历史的研究会，邀请兴亚建国运动的代表前往横滨参加，你愿意走一趟吗？当然了，往来费用不需要你承担，我还会支付给你可观的酬劳。"

乔秋华立即答应下来。为了增加岩井光弘的信任，乔秋华说道："往来费用当然要找机关长您报销，不过酬劳就不必了，之前的事情我非常抱歉，这次就当是将功折罪吧。"

岩井光弘说道："你很懂事，这一点，我非常喜欢。"

从岩井机关出来，乔秋华沿着苏州河一路走去。很多年前，他曾在这里聆听着炮火声，跟随苏州河的脚步搜寻那个身影。那时候，他觉得命运就像这苏州河，从一开始就注定要往一个方向马不停蹄而去，有些无奈，但又不可改变。

乔秋华明白，此次任务非同小可，自己孤身踏上日本本土，无异于单枪匹马闯进虎穴狼窝。稍有意外，自己将变作异土的一缕游魂，永远都飘不回祖国。况且，乔秋华不能肯定岩井对自己毫无怀疑，倘若对方安排等他来到日本再动手，那么自己生还的可能是微乎其微的。

在彤红的晚霞里，乔秋华停下脚步，点燃一支烟望着金光绚烂的苏州河，还有远方通红的黄浦江。直到香烟燃尽，烟蒂在暮色中划出一道弧线落进苏州河。他想起1938年，空军中尉徐焕升驾驶马丁 139WC 战机飞临日本本土上空进行纸片轰炸，之后平安返航。当年徐中尉他们起码还有性能先进的钢铁战鹰作保障，此次自己前往敌国执行任务，完全是赤手空拳，能够保护自身的也只有随机应变了。

待暮色消尽，城市的万千霓虹开始争奇斗艳，十里洋场的风采从不会因为黑夜到来而黯淡。乔秋华抽完最后一支烟，将烟蒂弹出去，这时苏州河的水好似发出一声叹息。

根据岩井光弘的安排，乔秋华先坐专列抵达北平，在那里接受身份甄别。参会人员一律要先通过身份甄别，才能由天津大沽口港登船前往日本。

出发前，乔秋华和苏曼玉在塘沽路的德大西菜社吃饭。德大西菜社创办于清末，是上海第一家由华人创办的西餐厅。乔秋华点了招牌菜"葡国鸡"和"里脊牛排"，还从老大昌买了两份哈根达斯。

美食虽然俱全，但吃的人怀有心事，注定吃得不会那么轻松。苏曼玉一坐下拿起刀叉就吃，仿佛乔秋华喋喋不休的话根本没进耳朵，不一会儿，她碗里的牛排只剩下一小半。

乔秋华无奈地用手指敲了敲桌面，说道："我在跟你说话。"

苏曼玉抬起头来，说道："你是请我吃饭的吧？能吃你一次可真不容易。"

吃完自己盘子里的牛排，苏曼玉替他将牛排切成许多小块，说道："快吃吧。"见乔秋华没动刀叉，苏曼玉催促道，"不吃的话我全要了。"乔秋华苦笑着拿起刀叉，加重料的牛肉嚼在嘴里也没甚滋味。

当晚，苏曼玉走进乔秋华的卧室。月光从窗外洒进来，床以及上面的人就像一艘浮在水上的船，即刻要往远方漂去。苏曼玉轻轻走到床前，凝视着熟睡中的乔秋华的脸。尽管乔秋华没有吐露过多信息，她心里依然清楚，这次的任务异常凶险，或许这张安详的脸从此将埋进记忆里头。白天在德大西菜社她摆出一副大快朵颐的样子，为的就是抑制住内心的悲伤情绪，可笑这个木讷的男人竟浑然未觉。苏曼玉笑起来，冰凉的泪珠同时滚落下去，地面的月光也泛起波纹。

其实苏曼玉一进门，乔秋华就已经觉察到。干这一行，随时保持警觉是基本职业素养，只不过他根据脚步声马上就判断出来人是苏曼玉，否则的话，他早就抽出床单下的手枪跃身起来。苏曼玉伸出的手停在那里，半晌，她抽回手转身离去。走到门前时，乔秋华似乎低低地说了一句。苏曼玉又转过身来，看见的依旧是那张安详的脸。苏曼玉凝视了几分钟，走过去在乔秋华身边躺下，并拉过被子将自己盖住。此时传入耳中的只有乔秋华均匀的呼吸声，苏曼玉闭上眼睛等待黎明到来。

出发那天，苏曼玉只是交代了一句"一路小心"，似乎并不打算去送行。可是等乔秋华在专列坐下来，往窗外一扭头就看见了苏曼玉站在视线里。苏曼玉依旧穿着那身红色旗袍，就像一朵大胆绽放的玫瑰。

玫瑰小姐终究来送行了。阴霾的天空忽然洒下阳光，天地万里风清气正。这抹耀眼的红色让乔秋华感到鼓舞，也让他明白，自己不会是孤身一人。专列开动了，乔秋华冲窗外挥手，对方冲他微微点头，脸上还有笑意。然后，玫瑰小姐和这个城市一同被推到了后面。乔秋华没有看见，苏曼玉在明媚的笑容里擦了擦眼角，红玫瑰闪烁起忧伤的光芒。

到了北平之后，乔秋华很快就通过了甄别，但是日本人迟迟没有安排他起程，同时也没有限制他的人身自由。乔秋华感到莫名其妙，一次次前去询问，对方都是客气地请他再等几天。滞留的日子里，乔秋华在北平的大街小巷游荡。他很快发现有个穿着风衣的男子一直尾随着自己，立即明白真正的甄别才刚刚开始。

在中国的文化名城当中，北平的分量不容小觑。别的不说，单单吃食这一样就足以让它闻名遐迩。从踏进北平城门的那一刻，乔秋华就像被一张巨大的菜单网住了。无论是豪华大气的知名食肆，还是街头巷尾的小店门面，在他眼里统统散发出极大诱惑力。从仿膳的豌豆黄、肉末儿烧饼，到瑞明楼的褡裢火烧、南横街的卤煮火烧、天兴居的炒肝、全聚德的脆皮烤鸭、便宜坊的焖炉烤鸭，还有九龙斋的酸梅汤、冰糖葫芦，甚至是路边摊点的豆汁、焦圈儿……千里之外的上海，苏曼玉正在教堂里祷告，她哪里能想到，这会儿乔秋华正玩得兴高采烈，吃得合不拢嘴。

乔秋华在北平足足滞留了半个月，把所有特色小吃都尝了个遍，知名景点也都逛了一圈，日本占领当局才通知他起程。天津大沽口港，前往日本的茂山丸号客轮缓缓起航，乔秋华不顾海风强烈，站在甲板上看着天津卫码头在视线里一点点缩小。这是个陌生的城市，但也是祖国的一部分，此时维系着他心底的眷恋。此一去，是否还能回归祖国，可谓全无把握。客轮已经远远驶出，乔秋华望着宽广的海面，感到深深怅然。

船上有名年轻的水手。每到黄昏时分，年轻水手总会站在夕阳里吹奏一只布鲁斯口琴。琴声在海面上飘荡，乔秋华从中听出了对故土深深的思念。年轻水手告诉乔秋华，在他刚刚成年的时候，日军放火烧毁了他居住的村庄，他与十几个同龄人一起被强征入伍，此后的日子无不在思乡中度过。每当年轻水手吹起口琴，乔秋华就在一旁听着，直到夜幕降临，客轮在海面化作渺小的暗影。离家的征途有茫茫万里，唯有思乡的琴音慰藉内心。

终于，横滨港出现在视线里，同时出现的还有一抹纯白，犹如富士山顶的万年积雪落入人间。上岸前，那名年轻水手将布鲁斯口琴放在乔秋华手里,冲他笑了笑,然后走进一大片阳光里。那一瞬间,乔秋华恍惚觉得年轻水手好似只是眼前一闪而过的幻象,可是展开手掌,布鲁斯口琴真切地闪烁着光芒。

岸上,乔秋华看清了那抹纯白是一位穿着白色和服的少女,她的面容姣美,皮肤也如冰雪般白皙,唯有目光迷离如同弥漫着水雾。乔秋华走到面前,少女竟然看都不看他一眼,始终眺望着大海远处,嘴唇微微蠕动似乎在念叨些什么。

负责带队的事务官桥本荣治在不远处用日语催促道:"乔先生,请不要掉队。"

乔秋华连忙跟上队伍,可还是忍不住回头看那个少女。桥本荣治走到他身边,问道:"您在看什么呢?"

乔秋华指着少女,说道:"那莫非是传说中的辉夜姬?"

桥本荣治笑着说:"那是晴子小姐,她在那里已经站了快一年了。"

"她的亲人去远方了吗?"

"是的,他的未婚夫去了中国,而且再也回不来了。"

乔秋华瞬间明白了,他忽然羡慕起那位未婚夫,心爱的人在坚定地等待着自己,真是求之不得的幸福。他却不知道,自己离开后,那朵高傲的红玫瑰不是站在火车站的月台上徘徊,就是站在十六铺码头张望。

乔秋华问道:"她叫什么名字?"

桥本荣治说道:"松本晴子。"

乔秋华又问:"她未婚夫叫什么名字?"

"佐藤秀夫。莫非乔先生认识?"

"当然不认识。我真替晴子小姐感到遗憾。"

桥本荣治说道:"这场战争让太多的人遭受离别的痛苦了,而且很多都是生离死别。"

乔秋华惊讶地回过头来，这一刻桥本荣治的表情让他感到很熟悉。乔秋华说道："桥本先生好像讨厌这场战争。"

桥本荣治咬牙切齿道："岂止是讨厌，简直是憎恨！"

前往使馆的路上，乔秋华看见很多军方运输车扬尘而去，其他行人和车辆都自觉让到一边。乔秋华问道："这么多卡车是要运什么呢？"

桥本荣治看着远去的卡车群，回答道："听说是运橡胶。"

听到这个答案，一个疑问迅速闪过乔秋华的脑海：日本岛并不产橡胶，为何如此大动干戈要运输橡胶呢？橡胶又来自何处？紧接着，一个可怕的念头冒出来：会不会是去别的国家抢夺？乔秋华意识到此事非同小可，橡胶是军需用品，日本对橡胶的需求一下子增加，难道是在策划大规模的军事行动？日本的胃口绝不仅仅限于中国。眼下德军正在欧洲四处抢掠，作为盟友的日本也绝不会闲着。这个情况要尽快告知国内情报部门。

桥本荣治安排乔秋华住在外交部的招待所，安置好行李，两人来到大街上的料理屋吃夜宵。桥本荣治点了清酒、鹅肝手握和军舰寿司，留声机反复播放着日本歌曲《君之代》，听得乔秋华耳朵都要长出茧子。

乔秋华把酒杯一放，说道："桥本君，麻烦你去换一首歌。"

桥本荣治将一枚寿司塞进嘴里，说道："乔先生想听什么？"

"夜来香。"

桥本荣治没有挪动身体，说道："这里会被砸了的。"

"那就麻烦换成《樱花》。"

"其实我也不喜欢这首歌。"说完，桥本荣治起身去将《君之代》换成了《樱花》，低沉的歌声如夜莺呢喃在屋内传开，撩动着人们微醺的酒意。

回到位子，桥本荣治说道："乔先生此次来日本是做什么呢？"

乔秋华很意外，作为接待人员，桥本荣治居然不知道自己来日本的目的。

"我受岩井先生的委托，作为兴亚建国运动代表来参加文化交流活动。在岩井先生的努力下，兴亚建国运动正在中国热烈开展着，在下相信实现中日文化亲善指日可待。当然了，能够作为代表参加此次活动，在下深感荣幸，也期待此行有非常好的收获。"

听完，桥本荣治反问道："仅此而已吗？"

乔秋华被这个问题搞得心头一震，他看着桥本荣治，发现对方也在凝视着自己。灯光下，桥本荣治面色潮红，目光迷离，一副醉酒的模样。忽然，他的眼睛里有光一闪，双目如迷雾退去后般炯炯有神。

乔秋华迅速反应过来这极可能是敌人的一次试探。尽管内心慌乱，但他还是努力表现出一副镇定自若的样子，从容不迫地将杯中酒喝完，放下酒杯笑着反问道："在桥本君看来，我此行是做什么呢？"

桥本荣治说道："我从小就喜欢盯着邻居的窗户看，因为我想知道他们在屋里做什么。后来父亲告诉我，想知道邻居在做什么，唯一的办法就是敲门进去看一看。"

"那么桥本君后来敲门了吗？"

桥本荣治反问："你觉得呢。"

"并没有。"

"为什么？"

"因为很多真相只能隔着窗帘看，那样子才吸引人。"

桥本荣治大笑起来，乔秋华也跟着笑起来。在截然不同的笑声里，两只酒杯碰在一起。

回到房间，乔秋华忽然觉得背上凉飕飕的，伸手摸了摸，发现后背早已遍布汗水。当晚，乔秋华在床上辗转难眠，不知是初到异国不适应还是晚上喝了太多酒的缘故，脑海里一遍遍回想桥本荣治说的话。对方似乎洞悉了自己的真实意图。可是这怎么可能呢？关了灯，房间内一片漆黑，唯有桥本荣治深邃的目光在眼前晃动。乔秋华想象着，明日一早醒来，楼下是不是已经被日本宪兵围得水泄不通？可是，自己分明在桥本荣治身上感受不到任何敌意。

月光照进屋内，如山间幽泉般神秘辽远。乔秋华从怀里掏出一件东西，那是年轻水手送给他的布鲁斯口琴。他又想起那些如歌声般动人的黄昏，年轻水手虽然陌生，但他的身影是那么亲切，不知那种亲切感从何而来，但又真真切切感受到它的存在。临下船时，乔秋华曾向船长打听那位年轻水手，谁知船长摇摇头表示一无所知。如今年轻水手已经重新奔赴碧海深处，唯有布鲁斯口琴留下美好的记忆，以及已成永恒的悬念。

乔秋华在各种飞闪而过的念头里艰难入睡，在梦中又见到了岸边那个白色身影。只见夕阳沿着海平面下沉，那个身影忽然化作一只海燕朝着夕阳用力飞去。大海尽头，万丈光芒忽然拔地而起，新的一天又到来了！

第二天的事情按部就班推进，其实岩井光弘已经安排好一切，只要人到了就行。乔秋华如一只木偶，在设计好的线路上木然前行。夜幕降临，乔秋华拖着一身疲惫回到宾馆，就连桥本荣治邀请去看伞舞都一口回绝。他只想尽快完成任务离开这里。

乔秋华再次梦见了那只海燕，只见乌云将海面映成黑色，它在狂风中穿梭，在暴雨中前行，即便前方路途模糊，羽毛被暴雨打湿，它依旧如利箭般勇往直前。乔秋华听见了熟悉的曲子，还听见海燕对他说道：

"你若明白我的歌声，就是我值得信赖的同志。"说完，海燕又变作年轻的水手，唱着凯歌在风浪中前行。

一觉醒来，海燕和水手都消失不见，唯有那只布鲁斯口琴闪烁着光芒。乔秋华起身走到窗前，望着窗外熟悉的阳光和陌生的景物，心中问道：在这里，究竟谁才是我值得信赖的同志？

乔秋华吹起口琴，悠扬的琴声在房间内流淌，打开窗户，琴声便远远传出去，划过树梢，赶上了奔跑的风，与飞鸟也打了个照面。视线里，绿叶鲜亮，花朵娇艳，春天仿佛提前来到人间。不知远行的海燕是否也听到了琴声？心中有了对故土的思念，也更加有了战斗的信念。乔秋华不知疲惫地吹着口琴，琴声在天地间呼唤着海燕。

不知过了多久，敲门声响起来，虽并不十分响亮，却清晰分明，像是黑夜中某种召唤，让迷路的人看到方向。乔秋华没有立即去开门，敲门声仍在响个不停，犹如一种坚定不移的信念。等到乔秋华迈出脚步，敲门声才停下来。

乔秋华将门打开，就像从容揭开一个谜底。外面，桥本荣治表情凝重，丝毫不像一位随意造访的客人。

尽管心里有所预料，乔秋华依然惊讶地说：“你怎么来了？”

下一刻，对方说出的话解除了心中的疑问：“海燕听到召唤，必定一刻不停地赶来。”

可是乔秋华内心依旧无比震惊，自己仿佛一脚踏进了梦中，是那只布鲁斯口琴以及琴声把他带进了一个迷离的梦里。

房间里，桥本荣治环顾了一圈，说道：“我明白，此时你的内心有一千个疑问，每个疑问你都迫切想知道答案。但那一千个疑问其实都只有一个答案。”

乔秋华大声问道：“你到底是谁？”

桥本荣治依旧凝视着他，缓缓回答：“我是那只坚守陆地的海燕。”

桥本荣治又说：“我知道你来日本的目的，也知道你现在需要帮助，所以我就来了。"

"你到底是什么人？"

桥本荣治笑了笑，问道："你知道中西功吗？"

乔秋华当然知道中西功是谁，虽然不在同一个组织，但同在反日联盟阵营，因此也是同志和战友。

"中西先生手下有两只'海燕'，我就是其中之一，另一只'海燕'翱翔在大海之上，海燕们听见琴声就知道是战友在召唤。"

这一刻，乔秋华感到内心被一股暖流包围，在连风都无比冰凉的异国土地能够听见战友的呼唤，内心便再也没有畏惧。两个人的手紧紧握在一起。

在桥本荣治的住处，三瓶清酒已经见了底。桥本荣治用力拧开第四瓶清酒的酒盖，往两人酒杯里倒上酒。在朦胧的醉意和酒杯碰撞的清脆声响里，乔秋华仿佛已经听见胜利的欢呼声。桥本荣治将杯中酒一饮而尽，摇摇晃晃地起身去打开留声机，霎时间《国际歌》激昂的旋律在屋子里荡漾开，屋子里的人正襟危坐，深深陶醉在正义的高歌和真理的呐喊里面。

一曲结束，桥本荣治指着留声机上还在缓缓转动的唱片说道："你知道吗，这是很多年前，我在上海游学时一位叫作陈乔年的年轻人送给我的。他后来牺牲了，他是一位勇敢的战士。他的父亲叫陈独秀，是一个伟大政党的早期创始人之一。后来我也加入其中。"

乔秋华惊讶地说："桥本先生是日本的共产党员？"

桥本荣治点点头，说道："我更喜欢把'日本'两个字去掉，在我看来，共产党员是超越国籍的，所有为共产主义事业奋斗的人都是我亲密的伙伴。眼下，我们共产党人的主要任务之一就是把法西斯主义消灭，让全世界的人获得自由和尊严。我愿意为此牺牲我的一切。"

"包括你的生命吗？"

"当然！"这两个字重若万钧，让正在斗争的人更加坚定不移。

天色刚明，桥本荣治唤醒了还在酣睡的乔秋华，说道："我带你去见一个人。"

在一栋私人住宅里，桥本荣治引见了一名身形微胖的中年男人，对方有着一双宽大的耳朵和一对充满睿智的眼睛。一见面，中年男人就热情地朝他们鞠躬致礼。乔秋华不知道眼前这个中年男人赫然就是近卫首相的"嘱托"（顾问）兼私人秘书，更是一位真诚的共产主义者。

桥本荣治介绍道："这是尾崎君。尾崎君早年曾旅居上海，任《朝日新闻》常驻上海的特派员，其间结识了许多中国左翼文化人士，与鲁迅、夏衍、田汉等人均有密切往来，曾撰写《暴风雨中的中国》、《现代中国论》等著作。"

尾崎亲自为他们沏了日本三大名茶之一的狭山茶。在袅袅升起的茶香里，尾崎拿出一大张纸铺在桌上，上面凌乱写着许多句子。乔秋华浏览了几眼，那些句子像是一些人说过的话，但彼此连贯不起来。

尾崎介绍道："这是我记录下的一些首相曾说过的话，很多都是我偷偷记下的。里面很多话都是与战争有关，而且不光是中国的战争。"

乔秋华的目光在字里行间扫过，纸上那些蜿蜒的句子渐渐变成了一支支整装待发的军队。军队需要有进攻的方向，此时摆在军队面前的抉择只有两个：北上或南下。

北上还是南下？这两个词在乔秋华脑海里交替出现，每一个都像最终答案。可最终答案向来只有一个！乔秋华忽然想起了1939年发生在中蒙边境的诺门坎战役，那场战役是继日俄海战后，日本与苏联的又一次交锋。苏联红军在朱可夫的带领下大败日军，也使得日军尝到了现代化战争的滋味。那是一次意志的较量。既然日军已经领教过苏军的厉害，那么是否会选择再次与苏军正面交锋？与其做德国人的炮灰，不如选择另辟方向。至此，"南下"二字在乔秋华脑海里停留下来。

之后又听见尾崎说道："松冈大臣近来与近卫内阁多有争端，近卫内阁目前有将松冈排除出内阁的打算，不知后续结果如何。"

在国内时，乔秋华就听说苏德战争爆发后，这个松冈大臣一直鼓动日本配合德国迅速拿下苏联。如今近卫内阁打算将其排除出去，似乎也从侧面印证了日军即将南下而非北上的策略。他不知道，此时遥远的欧洲，在柏林的最高作战会议室内，纳粹高级军官们正聚集一堂，摆在他们面前的地图上有个叫"斯大林格勒"的地名分外醒目。

那个城市是苏联内河航运干线伏尔加河上的重要港口，也是铁路交通枢纽和重要工业城市，斯大林格勒拖拉机厂是苏联最大的拖拉机厂，长期以来扮演兵工厂的角色。苏德战争爆发后，一辆辆威武的 T-34 坦克从工厂流水线下来直接奔赴前线。同时，斯大林格勒以西、以南是苏联粮食、石油和煤炭的重要产区。因此拿下斯大林格勒无异于夺得了一家高产量的兵工厂和能源矿。

同样遥远的东方，日本下一步对军队的调动也影响着苏联红军的战略部署。在莫斯科的克林姆林宫里，苏联首脑们正伸长脖子等待来自东方的消息，可谓牵一发而动全身。

尾崎的话音刚落，"南下"二字在乔秋华脑海里散发起光芒来，犹如一个刚刚被论证的事实，坚定又亮眼。

告辞前，尾崎拿起图纸塞进煮茶的小火炉，图纸顷刻间化作灰烬。但是乔秋华已经记下上面的内容，此行已是大获全胜。尾崎提出要送乔秋华一件礼物，乔秋华有些意外。礼物是一张小纸片，纸片上画着一大丛盛开的樱花，樱花是素描的，没有涂上色彩，画功也极其一般。这是一件既寒酸又拙劣的纪念品，以此赠人是十分无礼的。乔秋华意识到尾崎此举定有深意。

送二人出门时，尾崎说道："樱花需要时时用水滋养才能永葆青春，就像美丽的姑娘渴望爱情那样。"夜色中，乔秋华看见对方目光里散发出来的坚毅，好似诉说着一个信仰。那个信仰，从来都是坚如磐石。

回到房间，乔秋华倒了一杯白开水，用手指蘸了水慢慢涂在纸片背面，等整张纸都湿透也未出现任何变化。乔秋华点起一支蜡烛，将纸片放到上面烘烤。等纸片上的水分渐渐蒸发，樱花丛的背面慢慢出现了许多东西，有地形标识、进攻指向……一幅袖珍版的日军军事进攻图赫然在目！乔秋华感到浑身的血液都开始升温。他明白，眼下的中国乃至整个世界反法西斯阵营都迫切需要这份地图，所以自己必须将其从日本带走，哪怕为之付出生命的代价也在所不惜。

乔秋华端着酒杯走到窗前，夜空中此时没有钻石般闪耀的群星，宇宙间一片浑浊，黑暗正扬扬自得。山的那边有隐隐的雷鸣，种种迹象表明，一场猛烈的暴风雨就要到来了。乔秋华一口气将酒喝完，胸中荡漾起抗击风雨的豪情。

第十二章

一招险棋

比暴风雨先来到的是一场危机。

返程前一天，乔秋华买了一份《读卖新闻》，只扫了一眼就看到令他惊心动魄的事情：报纸头版头条刊登了尾崎被逮捕的消息。乔秋华再也没心情逛街，拿着报纸匆匆离去。

在房间里，乔秋华倒了一杯白兰地，等到心情平复了些，他仔细回忆起面见尾崎的情景，依据经验判断出尾崎的被捕绝对不是突发情况。尾崎将搜集到的情报和军事地图交给自己也绝非一时兴起，乃是最后的托付。照此来看，尾崎的住处恐怕早已被监视，那么自己是否也已经进入日本特工的视线？

这个问题一冒出来，乔秋华顿时惊出一身冷汗。自己在此处孤立无援，一旦遇险，只怕凶多吉少。眼下趁着还未有动静，应当迅速逃离。敲门声忽然响起来，乔秋华的心猛地一抖。

乔秋华伏到门前低声问："是谁？"

外头传来一个熟悉的声音："是我。"

可即便如此，乔秋华还是没有立即开门，担心此时桥本荣治是被一把枪顶着来敲门的。

桥本荣治在外头催促道："快开门。"

乔秋华猜不准外头是不是一个陷阱，眼下也没有别的办法，只能赌一把，于是捏住门扳手转动，缓缓打开门。外头只有桥本荣治一个人，只见他满头的汗水，显然刚经历一场狂奔。

桥本荣治迅速走进房间并关上了门，没等询问他就说道："你得赶紧走。"

乔秋华抓起报纸朝他扬了扬，说道："我也刚刚知道。"

"趁着军队还没有封锁全城，你要马上离开这里。情报课已经开始排查所有与尾崎有过接触的人，我差一点就被扣押，他们不久就会找上你。今天下午有一班渡轮前往青岛，我已经把船票买好了。"

乔秋华刚刚打开行李箱，楼下就传来一阵吵闹声。两人冲到窗前一看，只见楼下有一队宪兵。桥本荣治脸色一变，说道："来不及了，你拿上该拿的就走，我去找一套应侍生的制服来。"

换上衣服后，乔秋华将船票、地图和钱塞进内侧的口袋。

桥本荣治说道："你先走，我在这里断后。"

"你会有麻烦的。"

"不要紧，我就说自己是这里的员工。如果他们问起你，我就说你一早去街上还没回来。"

刚走到门前，乔秋华忽然又折回去从换下的衣服里找到那只布鲁斯口琴一同带上。宪兵们冲到房间门前时，乔秋华正好跑到下层的走廊里。走廊尽头有一扇窗户，下面是一片破旧的木屋。乔秋华将应侍生制服脱下来撕开，搓成一条绳索。到达地面后，他又找来一块大石头拴在绳上，然后抓住石头往上面的窗户抛去。石头落进窗内，将垂挂到屋外的绳索一同带了进去。乔秋华拍拍手上的尘土，闪进木屋。

大约过了二十分钟，乔秋华听见宪兵们咋咋呼呼撤离的声音。等到宪兵们全部离去，乔秋华顾不上返回房间拿行李，从小路迅速离开宾馆所在的区域。他还从木屋里找来一顶破帽子戴上，并把帽檐拉到最低。不知道这会儿桥本荣治的情况怎么样了？尾崎已经被捕，桥本是眼下唯一的伙伴兼能够信任的人。

　　乔秋华不敢大模大样地走在街道上，专门挑小胡同潜行，用了多一倍的时间来到港口。到了目的地，乔秋华没有放松下来，反而更加悬起了心。还隔着老远的距离，他就看见检查人员的身边赫然站着两名全副武装的士兵，士兵枪头的刺刀反射着阳光，显得寒气逼人。乔秋华明白，最险的一步才刚刚开始。他脱下帽子丢到角落里，虽然没有了掩护，但此时要是戴着一顶破帽子上船反而容易招来目光。上船前势必会被搜身，乔秋华了解日本人的细致，那份军事地图无论藏得多好都可能被搜出来。

　　怎么办？乔秋华又想起了那只布鲁斯口琴，结果下一秒脑海里就灵光闪现。他将微型地图撕成十块，分别藏进布鲁斯口琴的十个琴孔中，然后从容走到登船点。口琴很快被拿出来，排查人员正要做进一步问询，旁边有个人走过来接过口琴。乔秋华转头一看，那是桥本荣治。

　　排查人员叫了声"长官"，桥本荣治示意其退下，端详着口琴说道："好精美，它一定有不同寻常的故事吧。"

　　"当然，它的故事与祖国和信仰有关。"

　　桥本荣治笑了笑，做了个请的手势，乔秋华接过口琴快步登上船，甚至都来不及朝战友投去一个感激的眼神。直到站在甲板上，他才转过身，可桥本荣治的身影已经模糊。此时，他一定要保持着平静，这也是最好的掩护。茫茫汪洋那一边的大陆已逐渐远去，今生不知是否还会再次踏上，但愿那时候战火已经消散，整个世界已进入和平年代。

　　忽然，一个白色身影撞入乔秋华的视线。乔秋华向船员借来望远镜，镜头里出现一张美丽的脸和一双忧郁的眼睛。是她，富士山落下的冰雪，海边的守望者。她叫什么名字，对了，晴子。多好听的名字，犹如驱散阴霾的一束阳光，所有深受法西斯毒害的人们都在期待那一束阳光。每次客轮启程，与海平面上的朝阳一同升起的，还有她内心的希望，亦是继续面对那个冰冷无情的时代的唯一勇气。乔秋华很是后悔，应当为她拍摄一组照片，向全世界展示法西斯的恶行。

　　汽笛声中，渡轮驶向大海深处。乔秋华再次举起望远镜，看见岸边那个白色身影石雕般的脸上似乎流下了泪水。他似有所感，拿出口琴吹奏起来，琴声飘荡在风中化作嘹亮的号角。远处海平面上，成群海燕正如利箭般冲刺。此时这个沉浸在胜利琴声中的人不知道，一同登船的人群里面有个身影正在酝酿着一场阴谋。

　　迷蒙夜色中，海面化作一片黑色沼泽，其间只有一点灯火如孤独的萤火虫在黑夜里踽踽前行。即便在船上，乔秋华也不敢把地图碎片从口琴里取出来。回国的路途看似不会有什么风险，但是人群嘈杂之处也许会有意想不到的祸端。

　　客舱里，乔秋华拒绝了船妓的献殷勤，百无聊赖之时他找到一本破旧的书，是商务印书馆 1932 年翻译出版的《福尔摩斯探案集》。漫漫长路，跟随故事里的主人公探索那些扑朔迷离的案件真相倒也不失为一件愉快的事。

　　乔秋华翻开书，眼前的案件是那则《巴斯克维尔的猎犬》。故事开头，乔秋华就被那位西方神探细致入微的洞察力所折服，以至于他轻声将文字念出来：

　　"福尔摩斯正坐在那里，身子背对着我，我没想到他会发觉我在

摆弄手杖。'你后脑勺上长眼睛了吗？怎么知道我在干什么？'

'我眼前有一把咖啡壶，你没看见吗？它是镀银的并且擦得很亮。'"

读到这里，乔秋华突然发现故事中那把镀银的咖啡壶就放在面前，散发着贵重金属的光泽。此时银壶上倒映着一个人，手上举着一把手枪，枪口长出一截，像是一根消音管。这把银壶正对着窗户。乔秋华迅速扑倒在地，同一时刻，身后传来玻璃碎裂的声音。

大约安静了十分钟，门在一阵诡异的声响中打开了，乔秋华听见有人蹑手蹑脚地走进来，接着在他身旁停下。多亏隔着厚实的胸腔，否则来人一定会听见地上这个人的心脏还在快速跳动着。

来人蹲下身子，好像要检查地上的人是否已断气，没注意到乔秋华已经偷偷脱下外套盖在身上，一只手蓄势待发。来人伸出手，乔秋华抢先一步将外套盖在对方的脸上，接着一拳打落对方的手枪，并从后面夹住他的脖子用力一错，外套下面发出一声清脆的声响。

乔秋华拿起外套，下面是一张留着仁丹胡子的脸。他从尸体身上找到一本会员证，上面写着一个名字：黑田幸之。身份是黑龙会头山满的关门弟子。乔秋华早有耳闻，黑龙会表面上是日本民间组织，实际早已沦为日本军方的爪牙。看来即便离开了日本本土，自己还是没有脱险，好在人算不如天算。或许是因为自己的特殊身份，日本军方才没有在日本本土动手，而在茫茫大海上让一个人消失掉，完全有无数种可能。

找到那枚子弹头，乔秋华大惊失色。那竟然是一枚铅芯弹头，无论是穿透力还是杀伤力都为普通子弹的数倍。倘若刚才这枚弹头射进了自己的后背，恐怕有两条命也活不成了。多亏自己翻开了《福尔摩斯探案集》并正好读到《巴斯克维尔的猎犬》，多亏故事开头提到了镀银的咖啡壶，多亏银壶正好对着窗户，当中稍有一个环节没有到位，结果大抵就没有如此幸运了。

乔秋华将会员证和子弹头放回尸体的口袋，接下来就是让尸体消失，幸亏没有见血，否则清理起来会困难很多。至于那把上了消音管的手枪，乔秋华不打算一同丢弃。枪里还有七颗子弹，乔秋华觉得应当将其留在身边，未来有新的险情时可以充分应对。况且这是一把做工精良的南部十四式手枪，大可不必让其沉睡海底。

等到夜深时分，乔秋华出去巡视了一圈，确信外头已空无一人。他立即返回客舱扛起尸体，以最快的速度来到甲板的栏杆边将尸体抛入大海，随着沉闷的一声响，危机总算过去了。乔秋华对着天空在胸口画了个十字，然后双手合十。回到客舱，乔秋华继续翻阅《巴斯克维尔的猎犬》，一口气将故事读完时，外头已经红霞漫天。乔秋华站在清晨的海风里吹奏着布鲁斯口琴，美妙的琴音让漂泊的人们不再孤寂。远处，一只只海燕展翅翱翔，犹如优美的音符划过水手们的心田。

回到祖国，乔秋华先到邮局拍了一封远洋电报，地址是日本横滨市。收到回复，乔秋华悬着的心才落下去。那份地图被第一时间拼接好，并且复制出好多份发往不同的地方。遥远的克林姆林宫里，苏联领导人作出一项重要的军事部署，同时将一封感谢信以电报的形式发往中国。

当书记员问起发给中国的哪个人时，领导人回答道："要感谢的不是某个人。"书记员顿时愣在了那里。

远东地区，苏联红军的数百万部队正在紧锣密鼓地调动，横冲直撞的德军突然感到强大阻力。而在上海静安寺的食摊上，乔秋华和苏曼玉两个人正悠闲地享用早餐。

苏曼玉刚端起碗，乔秋华已经火急火燎地喝完了一碗豆浆。苏曼玉打趣道："你像是八辈子没见过豆浆。"

乔秋华呼出一口气，满足地说：“在北平喝了七天的豆汁儿，脸都喝绿了。那玩意儿不仅酸还有股馊味，喝到嘴里都能喷出来。还是咱这儿的豆浆喝到肚子里舒坦。”

　　在一天清晨的美好时光里，苏曼玉笑了起来。

第十三章

杀鸡焉用宰牛刀

乔秋华来到极司菲尔路 76 号大门前。这里是汪伪政府在上海的情报中心，也是全国闻名的魔窟。他奉命来此拜访一位故人，里面的一间办公室里坐着他昔日的领导，中央组织部党务调查科上海地区负责人李彦臣，如今的身份是汪伪政府特工总部最高领导者。

见到这位臭名昭著的大汉奸，乔秋华脑海里浮现起的仍是 1937 年撤离上海时，李彦臣表明保卫南京决心时的凛然正色。后来，他这番铿锵誓言却随着南京陷落而化作泡影。当时上级指示李彦臣留在南京统管潜伏力量，而已对抗战生出悲观情绪的他开始暗中与川岛芳子等汉奸来往，最后在他们的鼓动下加入敌伪阵营。汪精卫刚刚在南京成立伪政府，李彦臣随即出任中央委员兼特工总部主任，成为汉奸堆里炙手可热的人物。

为了减轻对敌斗争的阻力，本部给上海站下了一道特别的命令，对汪伪系统内重要人物尤其是从军统、CC 团等组织投敌的人员进行反收买。上海站多次派人试图与李彦臣接洽，最后都无功而返。季凌峰考虑再三，决定让乔秋华来执行这项任务，他们曾是上下级，故交关系很多时候是千金难买的资源。

熟人相见，李彦臣果然一改往日态度。他们在办公室里聊了整整一下午，烟头在烟灰缸里堆成一座山。黄昏时分，李彦臣站起身说："我今晚有场局，你也一起吧。"

乔秋华意识到这是一次进入汉奸圈子的绝好机会。夜幕降临后，五辆轿车在位于南京路的东亚饭店门口停下。在最大的包厢里，李彦臣开了一瓶20年的格兰菲迪威士忌并亲自给乔秋华倒上，这让所有人都对他刮目相看。

当两人都喝得红光满面，李彦臣突然脸色一变，说："你访友是假，奉命来取我脑袋才是真吧？"

全场欢快的气氛瞬间凝滞，所有人都惊讶地看着他们。乔秋华心头一紧，随即明白这是李彦臣的试探。他接下来说出的话更是震惊全场。

乔秋华从容地倒了一杯威士忌，喝完，冲着灯光淡淡一笑，然后说："杀鸡焉用牛刀？"

此话一出，连李彦臣都愣住了。其他人更是睁大了眼睛。在众人目光的包围下，乔秋华忽然一改镇定的模样，连连抱歉说：

"我喝多了，胡言乱语还请李主任不要见怪。"

李彦臣凝视着他，过了大约有一分钟，李彦臣笑了起来，其他人也跟着笑起来，紧张的气氛瞬间被笑声化解。回到住处乔秋华才发现，自己的内衣早已被汗水浸透。

听乔秋华讲述起今晚经历的鸿门宴，苏曼玉只是轻描淡写地说："是不是鸿门宴不重要，重要在于自己能不能全身而退。"

苏曼玉的反应让乔秋华很意外，似乎没有什么能让这个女人吃惊，或者惊恐。看着苏曼玉波澜不惊的面孔，乔秋华再次感受到一种坚定的力量。

乔秋华向季凌峰汇报了与李彦臣初步接洽的情况。听完，季凌峰说："对付像他这样的人就得先抓住他的心理。一个汉奸，从来都不会坚定站在一条阵线上。"果然，乔秋华再次接到了李彦臣的邀约。

在苏州河畔青玉轩的包厢里，李彦臣将一份《申报》放到乔秋华面前，上面头版头条是一张图片和几个醒目的大字：日军偷袭珍珠港，太平洋战争爆发。

乔秋华拿眼睛扫了扫内容，说："你找我来就是看报纸的？"

李彦臣用手指点了点配图，问他："你怎么看？"

乔秋华说出四个字："自找死路。"

"美国大鼻子可不是好惹的。小日本敢跑到人家头顶扔炸弹，怕是茅坑里栽跟头，离死不远了。"

"所以你想改弦易辙吗？"

"烦请回复你的上司，李某久闻大名，很愿意交他这个朋友。"说完，李彦臣将壶中最后一点茶水倒在两只茶杯里，说，"相信你们不会让我失望。"

茶已喝完，重要话题也已讲完，乔秋华拿过礼帽刚准备戴上，李彦臣将一张纸条塞了进去。

"里面是华南日军的最新动向。"

乔秋华很意外："这可是重要情报。"

"就当是我聊表诚意吧。"

在据点，乔秋华将纸条拿给季凌峰看。季凌峰说："接下来你多跟他走动走动。"

"我们当真要跟这种人合作？"

"你要明白，不会有永远的敌人，也不会有永远的伙伴。"

乔秋华说出自己一直以来的顾忌："他会不会是想把我们一网打尽。"

季凌峰捏着下巴想了一会儿，最后还是摇摇头，说："我看并不像，不过也得要冒点儿风险。"

自从那次会面后，乔秋华与李彦臣工作上没有再来往，私下里却常联系。两人经常去虹口的陆军俱乐部消遣，或者去上海跑马厅看赛马，嘴上总是以"老大哥"与"小老弟"互称，更多的是情报互换。在虹口一家日式妓院里，李彦臣给乔秋华倒了一杯威士忌，说："听说你上司也喜欢单一麦芽？我那有几瓶1906年的苏格登，不知你上司有没有兴趣。"

乔秋华明白，这话的意思是，是时候让我见见你的上司了。他不动声色地将酒喝完，说："上司的喜好，总是捉摸不透。"

见面回来，乔秋华传达了李彦臣的原话。季凌峰说："他终于等不住了，告诉他，三天后在外滩公园的樱花茶道社见面。"

"外滩公园"四个字让乔秋华心头一震，多年前的一桩往事立刻从记忆里冒出来。他才想起，回到上海后还没去过那里。他下意识地说："要不要换个地方？"

"不用。"

出发当天，乔秋华将两颗九七式步兵手雷捆到身上。季凌峰笑着制止了他："你要相信我们的朋友比我们更有诚意。"

眼下正是12月，外滩公园的银杏叶变成灿烂的金黄色，乔秋华觉得像是走进了一片记忆之海。海关大楼的钟声依然远远传来，撞击着乔秋华的心扉。公园里人来人往，明知那个身影不可能会出现在这里，乔秋华依然目光急切地在人群里搜寻，以至于连季凌峰都投来异样的目光。

樱花茶道社是上海站的一个备用据点，自从建成还没使用过。包厢里，两家在上海滩拼得你死我活的组织首脑举行了一场心平气和的会谈。乔秋华与李彦臣的保镖分立在门外两侧，他们的手全程都按在腰间的枪套上。门的隔音效果很好，两人一点都没听见里头的动静。

直到门打开，两人同时走出来，乔秋华抓着枪的手才松开，对方的保镖也是如此。他们似乎聊得不错，脸上还有微微笑意。分别时，两人还握了手，一笑泯恩仇。

季凌峰去了卫生间，而乔秋华走到一棵银杏树下。他拾起金色的叶子拢到一块儿，犹如将散乱的记忆拼接完整，他自己也正陷进回忆中去。

"你在做什么呢？"

乔秋华受了一惊，手中的银杏叶重新落了一地。只见季凌峰好奇地看着自己。

"没什么。"

季凌峰说："咱们该走了！"

乔秋华连忙跟随他离去，生怕再多留一会儿回忆会刹不住车。路上，季凌峰说起了此行的收获。在包厢里，李彦臣交给他一份情报，内容是日本华东派遣军和皇协军联合对第三战区内中国军队的一次突袭行动，对象除了国民政府下辖的军队以外，还有中国共产党领导的新四军。

乔秋华明白，新四军还没有从皖南事变的创伤中完全恢复过来，倘若再遭到日伪军围剿，很可能遭受毁灭性打击。他请示是否同时将情报传输给中共，却遭到了季凌峰的拒绝。

内心的气愤让乔秋华一脚踩在刹车上，整辆车猝然停住。后座的季凌峰整个人由于惯性往前一扑，脑袋险些撞在前座上。

季凌峰说道："你要造反吗？"

"我只是想请长官告诉我，为什么要这么对待友军？"

"谁是友军？"

"新四军难道不是我们的友军吗？共产党难道不是站在抗日民族统一战线上的吗？"

季凌峰冷冷地说："你别忘了五年前的今天发生过什么？"

乔秋华猛然想起，五年前的今天是 1936 年 12 月 12 日。

"那又如何？全国一致抗日是人民的共同心愿。我若是张汉卿，也会这么做。委员长若是执迷不悟，我宁可一枪打死他再向国人谢罪。"

季凌峰脸色铁青地一掌拍在座位上："大胆！"

两人的说话声越来越大，引得周围行人纷纷伸长脖子往车里看来。

尽管乔秋华据理力争，那份情报还是被锁进了机要室的保险柜里。乔秋华并不打算就此放弃，他与机要员罗天浩并无深交，但知道对方是个酒徒，于是采用投其所好的方式去买了一瓶他钟爱的泸州老窖，并且在陆稿荐打包了酱鸭和猪头肉，下班后拉住罗天浩在办公室里喝了起来。

乔秋华在一只酒杯里撒了从黑市买来的迷药，三杯下肚，罗天浩趴在办公桌上呼呼大睡起来。乔秋华摇了摇他，见毫无反应，他解下罗天浩腰间的一串钥匙摸进机要室，用事先准备好的微型照相机拍下那份情报。回到办公室，他又摇了摇罗天浩，对方依旧沉睡不醒。乔秋华看了下手表，药效大概还能维持个把小时。

出了门，乔秋华在夜色中飞奔起来。大丰照相馆已经打烊，宋福林刚要将最后一块门板嵌进门槽，乔秋华一头撞了进来。他气喘吁吁地将一份胶卷塞到宋福林手中，说：

"里面是一份日伪军的军事行动，你赶紧转交给上级，要快！"然后不等宋福林回答就重新冲进了夜色中。

回到办公室，离一个小时还有十分钟，乔秋华拿起酒杯猛灌了几口，然后将剩余的酒都倒进了卫生间的水池里。

罗天浩从沉醉中醒来时，乔秋华还趴在桌上不省人事。他下意识往腰间摸去，看见钥匙一个不少地挂在那里，去机要室看了看文件也没有少。罗天浩松了口气，将桌上剩余的下酒菜打包离去。他不知道自己刚走出门，乔秋华就睁开了眼睛，露出笑容。

— 第十四章 —
狼窝猎猛兽

　　大丰照相馆重新开业，为了表达之前对顾客造成不便的歉意，宋福林表示三个月内照相费用一律八折，于是每日上门的顾客比此前多了几倍，宋福林忙得不亦乐乎。这次没等他开口，乔秋华主动来帮忙。经历过此前的事情，乔秋华意识到应该与这位老同学再多走动走动，也更加深入地了解那个组织。

　　空闲的时候，他们就坐在堂屋里喝白茶，聊聊当下热门的话题，分析最近中日爆发的战役，但更多时候是进行情报交换。

　　一日，宋福林忽然问道："听说你跟 76 号的头头走得蛮近？"

　　乔秋华端着茶杯，把里面的茶水都喝光才说："以前的上司，当年我犯了大错，要不是他网开一面，估计现在坟头上的草都几尺高了。"

　　"这么说来，你还欠着人家的情。"

　　"可惜他当了汉奸，不然真该好好报答。"

　　宋福林看着他，说道："我们这边都在说，你们平日里跟汪精卫那边的人勾勾搭搭。"

乔秋华依然平静地喝着茶水，说："你们平时的任务也有监视这一条吗？"

宋福林忽然意识到，自己与这位老同学的交谈有些豁边了，再亲密的关系也不得不承认一个事实，他们是两个组织的人，既然是两个组织，多多少少都会隔出一点距离。有些话，自然也不能够说得太直白。

宋福林拿起茶壶给乔秋华杯子里续水，对方却把杯子移开了去。茶水倒在桌上，又淅淅沥沥流了一地。宋福林看着他，说道："怎么，是不相信老朋友吗？"

乔秋华拿过茶壶往杯里续水，说道："那得看老朋友对我是什么态度了。"

宋福林笑了，说："知道吗，我们根据地已经发来最新的指示，叫我们尽量少跟你们往来。我其实已经违反纪律了。"

乔秋华继续喝着茶，说："勾勾搭搭也不见得就是狼狈为奸。"

宋福林的疑虑已经打消，但还是说："不要假戏真做才好。"

"那得看人。人和人不一样的，有些人爱钱，有些人惜命，有些人钱和命都不舍得放弃，还有些人恰恰相反。"

"那你是属于哪种人？"

"你觉得呢？"

宋福林笑了笑，没有说话。

从宋福林探问的口气里，乔秋华已经猜到八九，说道："你有什么事情不妨说出来，我印象里你不是喜爱绕弯子的人。"说完把喝空的茶杯往桌上一放。

"铁老虎你知道吗？"

"没听说过，武侠小说里的人？"

"青帮里的人，是虞洽卿的门徒。实际上是日本梅机关的走狗。

最近一直跟我们过不去，带着人把我们好多交通站都端了。"

乔秋华说："老虎已经够难对付了，况且还是铁的老虎。"

"是啊，所以想请你帮忙除掉他，听说他跟李彦臣是拜把子兄弟。"

"你们的恩怨，何必扯上我呢？"

宋福林苦笑道："要是我们被他一锅端了，那下一个倒霉的就是你们。"

乔秋华说："其实我们站长已经找我谈过话了，问我频繁出入一家照相馆又不拍照究竟是为何。"

宋福林沉默了一会儿，说："我不勉强。"

后来送乔秋华出门，宋福林忽然说："眼下我们的敌人是同一个，不是吗？"

乔秋华回身看了他一眼，没有点头也没有表态，背影消失在大街上。宋福林理解他的难处，但是他自从加入组织起，就把国家民族的利益永远摆在个人情感之上。

铁老虎自知树敌众多，平日里都是深居简出，交际活动也是能推则推，少有的几次出门都前七后八围着一大群人，私人汽车也加装了防弹护甲。此前宋福林他们组织过多轮锄杀行动，结果是牺牲了许多同志，铁老虎连根汗毛都没伤着。要想接近铁老虎只有通过他的熟人，李彦臣无疑是个绝佳人选。宋福林向组织打了报告，想要通过潜伏在 76 号的关露从李彦臣身上打开缺口，然而总部并没有批准这个办法。原因是关露负有其他重要的使命，贸然把任务串并容易有暴露的风险。

宋福林约苏曼玉在地地斯咖啡馆见面，听完话，苏曼玉笑着说："他不会不管的。"

喝完咖啡，苏曼玉起身去跳茶舞。宋福林坐在原地，看着不远处移动的人影，杯子里的咖啡一口没动。他并不知道，苏曼玉在舞动的身影里已经把任务指派出去。

关于铁老虎的情况很快被送到宋福林面前，其中有一条让他眼睛一亮。铁老虎看出自己的日本主子乃是秋后蚂蚱，有心给自己寻找后路，当时大凡是汉奸都有这样的心思。阻滞的工作总算有了突破口，但是新的困难马上又摆在面前。铁老虎表示自己对共产党领导下的苏北根据地没有一点兴趣，只愿意接受来自重庆方面的合作请求。

宋福林想出一条对策，找来另外一名同志与自己假扮成重庆来的代表，上门与铁老虎商谈合作的事情。信送出去后，对方很快给出了回复，铁老虎约他们在华懋饭店吃饭。

约定那天，宋福林与另一名同志来到华懋饭店，当他们走进包厢却傻了眼，里面满满一桌子人。铁老虎虽然替侵略者张牙舞爪，但为人低调得很，他们就连一张关于铁老虎的照片都没搞到，眼前这许多人里哪个才是铁老虎本人呢？

宋福林定了定神，拉着同志一起在桌前坐下来。他们不知道包厢里还有个小房间，门帘后面有一双眼睛正在盯着他们。来之前要说的话已经烂熟于心，那名同志扮作重庆来的副官，宋福林扮作副官的勤务兵。坐下来没多久，许多人就来给重庆代表敬酒，"副官"一一应付过去，包括端酒杯的动作都事前练习过多次，别人看不出丝毫破绽。

酒过三巡，众人都已红光满面，相互之间把话题聊得越来越开，宋福林的心却正在揪紧。到目前，铁老虎依旧没有现身，或许就混迹在宾客里头，也可能躲在幕后偷偷看着他们。宋福林察觉到一丝不祥，自己和战友很可能已经被识破。即便身处险境，宋福林想的不是如何尽快脱身，而是想办法把铁老虎引出来。

宋福林还沉得住气，一旁的同志却不小心出了岔子。被许多双目光盯着，多少让人有些不自在。"副官"为了显示自己的派头，掏出一根雪茄含在嘴里，接着拿起桌上的洋火，其中一根洋火掉在地上，"副官"下意识弯腰捡起。门帘后面那双眼睛一下子瞪大了。这是个明显的破绽！宋福林一心想着如何引出铁老虎，没能及时关注到这个疏忽，下面发生的事情就在意料之外了。

席上有个人借口去上厕所，回来后朝周围的人使眼色，宋福林意识到不妙，但周围的人已同时站起掏出枪对准两人。宋福林的心猛地一沉，"副官"手里的雪茄也掉落在地上。

宋福林惊愕道："你们这是做什么？"

其中一人冷笑道："副官还会自己去捡洋火，真是头一次见。"

宋福林正要解释，却被套进了麻袋，后脑勺被一个硬物顶住。宋福林挣扎了几下，耳边有人威胁道："再乱动爆你的头！"

宋福林不敢再轻举妄动。那名假扮副官的同志是炊事员出身，捡洋火是下意识动作。宋福林万万没想到自己事先周密策划，到后面竟然栽在这小小的细节上，真是一着不慎满盘皆输。

眼前一片昏暗中，宋福林听见有个声音说道："把他们都押到76号去。"

宋福林心里闪过一个疑问，这个声音此前没响起过，难道就是？还没等他多想，就和战友被人推着走出门去。

没一会儿，小房间门帘后头走出来一个男人，朝周围环顾一圈后往门外走去。结果门突然打开了，一名服务生从外面走进来。男人吓了一跳，朝服务生瞪了一眼继续往门外走去。

擦肩而过的一瞬间，服务生忽然喊道："铁老虎！"

男人回过头"嗯"了一声，结果只听见咔嚓一声，手腕被一副明晃晃的日本手铐铐住。铁老虎认得这是日本手铐，没敢怒斥出声，惊讶地问道："这是干什么？"

服务生是乔秋华。

乔秋华说道："奉影佐机关长命令，抓捕通敌分子。"

铁老虎面有疑色，直到乔秋华把证件亮出来，铁老虎腿一下子软了。

押着宋福林两人的特务们忽然听见一声命令："等等！"

特务们转过身来，只见老大站在不远处，身边还有个服务生打扮的人。铁老虎命令道："把人放了！"

特务们没有反应过来，铁老虎又说道："一场误会，快放人！"

特务们依然没有照做，铁老虎吼道："妈的，老子说话没听见是不是？"

特务们赶紧将两人身上的麻袋解开，重见光明时宋福林一眼看到站在铁老虎身边的乔秋华，苏曼玉说的话也迅速回响在耳畔：他不会不管的。宋福林露出一丝欣慰的笑容。

铁老虎吩咐手下道："你们先去楼下等我，我和这位先生还有事情要谈。"

特务们往楼下走去。

回到包厢，铁老虎说道："乔先生，我已经按照你说的做了，希望你也能按照约定办事。"

乔秋华点点头："那是自然。"他已经把一根钢丝攥在手心。

在走到铁老虎身后时，乔秋华突然出手从后面勒住铁老虎的脖子，铁老虎想要挣脱，宋福林和战友一齐扑上，一人捂住铁老虎的嘴，另一人抱住腰，铁老虎剧烈挣扎了一会儿，身子一瘫不再动弹了。

宋福林对着乔秋华一抱拳，说："这次多亏你。"

乔秋华淡淡道："她让我来的。"

华懋饭店楼下，宋福林扶着铁老虎的尸体走出大门，此前他们给尸体稍微装扮了下，用口红将脸涂成微微红，旁人不仔细看会觉得这是位醉酒之人。一路走下来，宋福林的心还是怦怦直跳，尤其是有人擦肩而过。只要仔细看几眼就会发现不寻常，好在没有一个人留意到他们。

特务们都站在铁老虎的专车前等待，乔秋华上前亮出证件，说道："你们老大私通敌营，被梅机关侦知，影佐机关长特地派我来将叛徒就地正法。"

特务们吓了一跳，纷纷求饶并与铁老虎撇清关系。乔秋华摆摆手示意他们安静，说："我晓得诸位都是给人当差迫不得已，只要你们按照我说的去做，我保证对你们毫不追究。"

一听说可以保命，特务们更加点头哈腰起来。乔秋华说："这件事情影佐机关长不希望张扬出去，你们只要把铁老虎的尸体丢进苏州河，事后就当作什么都没发生。"

"是，是。"两名特务上前来接过铁老虎的尸体。乔秋华冲特务们挥挥手，说："你们去吧。"

特务们赶紧乘车离去，车子拐过一个转角时忽然轰的一声爆炸了，周围房屋的玻璃统统被震碎，里面熟睡的人也被惊醒。一团冲天的火光里，车里面的活人和死人全部变成了焦炭。

苏州河边的路灯下，乔秋华与一个男人接头，男人叫袁殊，多亏了他，自己才能搞到梅机关的证件。乔秋华掏出一根金条递过去，袁殊一把将金条挡回去。

乔秋华说道："我不知道该怎样感谢你。"

袁殊笑着说："你用它铲除了一个大汉奸，就是回报。"说完身影消失在夜色中。

乔秋华冲着夜色喊道："我想加入你们！"

前方传来袁殊的回答："等到胜利，我会来找你！"

梅机关机关长影佐祯昭听说铁老虎的死讯，就连眼皮也没眨一下。对他而言，一条走狗死了，只要重新物色一条就行，一点都算不上事。他其实也已对铁老虎感到厌烦，这个人是该死了。

第十五章

诛杀令

　　季凌峰接到重庆的命令，上海站立马实施了针对敌伪 76 号特工总部负责人的清灭计划，计划是简单的四个字：借刀杀人。

　　从古到今，一个叛国者往往是得不到完全信任的，况且天底下没有不透风的墙，日方在用李彦臣的同时也不忘对他的监视，李彦臣在住处私自架设电台的事情已经传到影佐祯昭的耳朵里。其实季凌峰本人并不想这么快动手，但是李彦臣与重庆暗中通信的事情不光被日方得知，同样也被中方诸多阵营得知，虽然是各取所需，但与汉奸通信到底是件不能容忍的事，在这个时候上级需要替罪羊，同样也需要遮羞布。上海站加紧了行动。

　　上海闸北区的梅花堂小楼内，负责监视汪伪政权的机构梅机关机关长影佐中将收到了一封匿名举报信。影佐目光扫了几眼就皱起眉头，信上赫然罗列了特工总部主任李彦臣与重庆国民政府暗中来往的情况。下属背地里搞小动作，对于主子来说是不可饶恕的事情。

　　当然，老谋深算的影佐祯昭并没有立即采取行动，而是先叫来手下加藤针对信中罗列事项展开秘密调查。影佐特别吩咐他："此事务必秘密进行，切不可漏出半点风声。"

加藤在影佐的授意下展开了针对李彦臣的秘密调查。尽管心里有准备，看到呈送上来的调查结果时影佐祯昭依旧吃了一惊，举报信上罗列的只是九牛一毛而已，实际情况要严重得多。

影佐祯昭站在窗前望着外面茂盛的绿树，脸上渐渐布满了杀气。他心里何尝不清楚，这是重庆方面借刀杀人的计策。只不过他本人也早已有除掉李彦臣的念头，一个在忠诚问题上摇摆不定的人，大日本帝国是绝对不会让他活得太长的。

一周后，梅机关内务科长岸田文泽的家里举办了一场宴会，李彦臣亦在被邀请人员之列。接到请柬，李彦臣先是感到疑惑，自己与岸田文泽并无深交，为何也会接到邀请？考虑到对方是梅机关重要成员，李彦臣还是选择了赴宴。

饭桌上，主客之间交谈甚欢，李彦臣没有感到半点异样。但他还是保持着警惕，每道菜在别人尝过后才吃一点点。在回家的车上，李彦臣突然感到内脏一阵绞痛，他刚想起最后那道每人一份的水信玄饼，一口血就喷了出来，在衬衫上染出一大片乌黑，犹如一团不祥的乌云。一旁的保镖吓得大叫，李彦臣嘴里含糊地吐出几个字："仁济医院。"保镖当即反应过来，那里有全上海最好的解毒措施。

然而当车子飞驰到仁济医院门前时，李彦臣已经变成一具僵硬的尸体。第二天，汪伪政府的报纸向外界公布了李彦臣的死讯，标题是：特工总部负责人意外丧命。同一时刻，重庆国民政府的报纸也对此做了报道，采用的是一个耐人寻味的标题：叛国者的宿命难逃！

住处，苏曼玉开了唐培里侬香槟庆贺："祝贺你旗开得胜。"乔秋华露出个勉强的笑容，这次他并无太多胜利的喜悦，其实他希望的是李彦臣真的被策反，而不是被铲除。毕竟是自己的老上司。乔秋华从始至终都是一个念旧情的人。尽管他清楚，这是他们这一行的大忌，可是他近乎固执地认为，不管成为什么样的人，内心都应当有所坚守。

乔秋华把奖赏分别送给了三个孤儿院的工作人员，用于给孤儿们改善生活条件。苏曼玉问他为何不给自己留点。乔秋华表示，杀敌锄奸是自己应尽之责，无需什么奖赏。既然有，那就用来援助弱者，也能发挥出最大意义。苏曼玉看着他为孤儿们忙前忙后，满脸都是温柔的笑意。

— 第十六章 —
玫瑰在火中绽放

虹口公园举办了一场樱花展，苏曼玉挽着乔秋华的手臂穿梭在会场。忽然间，乔秋华的眼睛锁定了一个看似熟悉的身影，而那个身影也正向他靠近。

虽然还未到眼前，但乔秋华已经惊呆了！接下来看见武川泽明从自己身前走过，乔秋华的两只眼珠子险些掉出来。而武川泽明径直从他们身边走了过去，就像一个旁若无人的鬼魂。

乔秋华看了看苏曼玉，发现她也惊得花容失色。展出还未收场，但他们二人已经无心看展，逃也似的回到了家。

乔秋华赶紧将这个情况报告给上级，而后季凌峰很快查明了真相。事情的真相是：那次舞会，等灯光突然熄灭，武川泽明迅速从台上跳了下来，同时他的替身跳上讲台，黑暗掩护他们完成了偷梁换柱。就这样，假的武川泽明在舞会上被击毙，真的躲过一劫。之后武川泽明干脆隐藏了起来，在上海地头想置他于死地的人绝不止一拨。然而人总免不了有七情六欲，此次樱花展勾起了武川泽明对家乡的思念，他一厢情愿地以为事情过去很久已经无人记得，没承想事情偏偏这么凑巧，冷不丁与冤家不期而遇，而他自己对真相竟一无所知。得知真相，乔秋华咬牙切齿地一拳砸在墙上。

乔秋华将那次奖励剩下的三根金条放在季凌峰面前，说："我一定要杀了他！"

季凌峰却平静地说："不要轻举妄动。"

在住所，乔秋华说起了上级离谱的安排，以及自己对此的种种不理解。说到激动之处，他的手指不停地点着桌面，发出一连串清脆的响声。乔秋华记得父亲在世时，每当话说得激动之时，手指也会在桌上不停点击。苏曼玉始终一声不吭地抽着金鼠牌香烟，直到乔秋华把话说完，她手里的烟也燃到了尽头。

苏曼玉掐灭烟，将手背上的烟灰弹去，说："这次让我先来吧！"这话说完，她很快就出现在了武川泽明的视线里。在女人眼里，男人就是一头在不断觅食的雄性动物。而捕猎动物的最好方式从来只有一种，那就是把极具诱惑力的诱饵抛出去。

在光线乱晃的百老汇舞厅里，苏曼玉跟武川泽明打了个照面。武川泽明早就听说过苏曼玉的名头，他并非那种见到面容姣好的女子就会动情的男人。但看见苏曼玉的那一刻，他的心里好似不由自主地泛起了一圈涟漪，于是那张脸和名字让他再也忘不掉。看见苏曼玉略微惊讶的脸，武川泽明一边扭动肥大的身子，一边说道："苏小姐好像对我的到来很诧异。"

苏曼玉露出一个惊绝众生的笑容，说："我没想到武川先生也会来这种地方白相。"

在一阵心神荡漾中，武川泽明说："我记得你们中国有句古话，叫作'人不风流枉少年'。"

苏曼玉话带嘲讽："武川先生还自诩为少年吗？"

武川泽明笑着说："那我就是在追忆少年。"

一曲跳完，苏曼玉说："武川先生最好提升一下跳舞水平，否则你在这里恐怕感受不到友好。"

武川泽明的脸像孩子那样红了，他真诚地说："苏小姐能否当我的舞蹈教师呢？"这话让苏曼玉想到了乔秋华曾经说过的话，此时自己要等的也是这句话。

每个礼拜的星期四，苏曼玉都会来日本上海派遣军司令部。如今的武川泽明已经晋升为日本上海派遣军总司令。起初她被卫兵阻拦在外头，后来那两名卫兵都吃了大嘴巴子。她就在武川泽明办公室里教授舞蹈，讲得口干舌燥了，武川泽明会亲自给她沏一壶家乡的宇治茶。

他们两人有时也会一起跳上一支轻慢的探戈，彼此已经开始有了默契。司令部的人都认为长官变得有些不务正业了，但谁也没敢说出来。后来有一回，苏曼玉捕捉到了武川泽明目光里的暧昧信息。她索性把话挑明，并让武川泽明三天后的晚上在石库门弄堂里等她，她说自己掌握了一则情报，内容是南京方面多名政府要员与重庆暗中往来的事情。为了使武川泽明相信，她把价码提高到 5 根大黄鱼。

武川泽明双目闪光，说："为何要在那种地方，我们可以去礼查饭店找个标间。"

"不用了，我怕要是拒绝了你，你会霸王硬上弓。在那里，我还来得及跑。"

武川泽明哑然失笑："苏小姐把我当成什么人？"

苏曼玉说："那里地方大，而且没人，适合我们俩跳一支舞。"最后，她终于听见对方说："好啊。"

在住所，苏曼玉将计划说了出来。乔秋华有些疑虑："这一招还能奏效吗？从古到今已经用烂了。"

"英雄难过美人关，男人的心思都一样。"

"我只是觉得未必一定要这样。"

苏曼玉用手指勾起他的下巴，说："放心，我一定不会假戏真做的。"乔秋华低下头去，其实他心里也没有更好的办法。

三天后的夜晚，武川泽明来到约定地点，结果见到的并不是苏曼玉，而是一个男人的背影。武川泽明立马将手伸进口袋，里面有一支上膛待发的南部十四式手枪。他向来是个不会掉以轻心的人，可惜还是晚了，身体已被准备多时的子弹击中。

乔秋华用的依旧是那支掌心雷，他将五颗子弹全部射进武川泽明的胸膛。这一次是货真价实的武川泽明，自己朝他身上开了五枪，所以武川泽明肯定是活不成了。本来要了武川泽明性命的应该是苏曼玉，但乔秋华怎会让一个女人身陷险境？

虽然成功击毙了武川泽明，但枪声还是将附近几支日军巡逻队全部吸引了过来。那几支巡逻队其实是武川泽明特意布置的，军人哪怕深陷温柔乡也会保持必要的清醒，因此尽管苏曼玉用精湛的演技全力表演，但并没有阻止武川泽明心头升起一朵疑云。从眼下的局势来看，乔秋华恐怕已经离"杀身成仁"四个字不远了，除非有转机出现。

而转机真的就出现了！乔秋华刚开始盘算脱身的方法，脚步声就传了过来，紧接着一身黑衣的苏曼玉来到面前。只见她每只手都举着弹容量二十发的毛瑟手枪，长发在夜风里飘动，让她看起来就像一名英姿勃发的战士。

乔秋华刚要说"你怎么来了"，苏曼玉手里的枪先响了，远处好几个日本兵栽倒在地上。苏曼玉命令他："跟我来！"

他们像两只猎犬在狭长的巷子里奔突，苏曼玉一边跑一边双枪齐发，乔秋华忍不住向她投去赞许的目光。他们还是陷入了包围圈，日本兵从好几个地方涌过来。

乔秋华毫无惧色，说："如果跑不掉了，你一定要给我一枪，我死也不要落到敌人手里。"

奔跑中的苏曼玉对他说："你一定不会死的。"

他们来到一处三岔口，眼前只有一条路能逃出生天，但他们不能一起走，必须要有人走上另一条路，并把敌人也吸引过去，另一个人才能全身而退。

乔秋华果断说："把枪给我，你先走。"苏曼玉只说了句"你快走"就冲进夜色中，乔秋华刚跑出巷子，身后就响起了剧烈的爆炸声。乔秋华猛地回头，只见苏曼玉跑去的那个方向大火冲天。行人们围了过来，乔秋华趁机消失在人群里。

负责掩护的苏曼玉很快被包围，她从容打光了枪里的子弹，然后扔掉空枪毫不犹豫地拉响了手榴弹。爆炸的前一秒，苏曼玉看见了自己的亲人，他们很快就能团聚，她的嘴角露出一丝欣慰的笑意。

回到苏曼玉在巨籁达路的住处，乔秋华觉得客厅里因为少了一个人而变得空旷。乔秋华仿佛是一个三天三夜没睡觉的人，巨大的疲惫让他一头倒在床上。上面的天鹅绒依旧这么柔软，他闻着枕头、被套间苏曼玉残留的气息，内心再也无法平静。

乔秋华经历了一场回忆似的梦境。醒来时，他发觉自己依然是孤身一人，于是明白记忆无论多么鲜活，在现实面前依旧会黯然失色，因此任何回忆都是多此一举。在客厅里，乔秋华看见茶几上放着一包金鼠牌香烟，有一根烟从里面伸出来，就像一个急切张望的人。纤细的香烟立刻让他想起苏曼玉同样纤细的手指，两者是如此搭。如今，再也不会有纤细的手指将它夹起，它只能孤独地在茶几上翘首以盼。

他从不抽烟，此时忍不住拿起一支烟塞进嘴里，点燃。他随即闻到了一股熟悉的味道，仿佛烟里塞进的是许多往事，此时被火燃烧后化作浓浓的味道向他席卷而来。在烟头的忽明忽暗里，他的眼泪终于流了下来。乔秋华清晰地记得，自从他第一次将金鼠牌香烟放到苏曼玉面前，她的手指间就再也没夹过粗大的雪茄。

一支烟很快燃尽，乔秋华又点燃一支，直到里面的烟全部变成地上的烟蒂。房间里烟雾弥漫，他看见视线前方，苏曼玉趴在阳台铁栏杆上，手指夹着一支金鼠牌香烟，目光望着远处，仿佛要把夜色中的上海望穿。她穿了一件无袖红色旗袍，就像一朵在月光下热烈绽放的红玫瑰。

这是苏曼玉每天都会做的事情，她站在门外久了，乔秋华会拿起一件厚实的外套走过去披在她身上。她是他眼里风光无限的"玫瑰小姐"。此时，乔秋华再次拿起那件厚实的外套走到阳台上，曾经的红玫瑰无影无踪，只有满地冰冷的白月光。

季凌峰向乔秋华下达了紧急撤退的命令。离开之前，他去了大丰照相馆。这个城市，他能告别的人如今只有宋福林。在宋福林那里，乔秋华得知了苏曼玉的又一个重要身份。

宋福林说："她虽然不是我们党的同志，但一直资助我们在上海的工作。她刚刚递交了入党申请书，结果没能等到正式入党的那一天。我一直希望她正式成为我们的同志。"

此前，在乔秋华感知里面那个政党就像一位盟友，虽然时常并肩作战，但终归不是一体。他的政党理念向来不是那么强烈，只觉得敌寇面前万千大众皆卫士，有这一点就足够了。但是任何事业都离不开信仰的支撑，更加需要能够把力量凝聚到一起的组织阵营。在与宋福林的交往中，尤其他亲身经历的营救在香港的文化精英、到日本本土获取日军最新动向情报等，通过一件件亲历之事乔秋华逐渐认识到那个组织的理念、信仰、宗旨、目标，无不与人民群众、国家利益、民族尊严紧密联系在一起。那个政党牢牢根植于人民，一心一意为了国家民族而努力奋斗。他们的信仰极其赤诚，如同戈壁之上冉冉升起的红日。

到此刻他才明白，那抹红色也是玫瑰小姐奋斗一生的信念和理想，因此她的内心对那个组织产生了浓浓的归属感。玫瑰小姐一定是想融入那抹赤红里面，让红日的光芒更加强烈，驱走黑暗，还大地晴空万里，山河无恙。玫瑰小姐未能完成的心愿，自己应当接续下去，把信仰的旗帜高高举起，亦是对她最好的缅怀和告慰。

乔秋华说道："我可以接替她，继续未完的事业。"

那一刻，宋福林脸上有惊喜。他说："我等这句话很久了。不过让我先请示下上级，你等我一会儿。"

宋福林回到里屋给上级发了一封电报，很快得到了答复。之后，乔秋华对着那面赤红的旗帜以及上面闪现信仰之光的星星高举起右手，口中宣誓道：

"我志愿加入中国共产党……"

两个人的手再次握在一起，这一次的意义非同凡响，象征着革命战友的志同道合。宋福林说道："欢迎你，乔秋华同志。"

乔秋华把季凌峰安排他撤离的事情说了出来，并表示自己可以继续留在上海战斗。宋福林却摇摇头，说："你先前在上海活动得确实比较频繁，日伪已经注意到你，你继续留在上海确实不安全。有情报显示，日军下一步可能对浙南地区采取行动，组织希望你能够提前去那里潜伏下来，一方面联合各方力量做好应对日军进攻的工作，另一方面也趁此把群众工作的基础打好。记住，你需要很长时间的静默，等待组织唤醒你。无论时间多长，组织一定会再次唤醒你。"

乔秋华说："我想去延安，之前听她提到过多次。"顿了顿，又说，"她一直想去，牺牲不久前还在想着去那里。"

宋福林笑了，说："我做梦都梦到自己已经去那里了。可是现实条件不允许，去那里的路途实在太远，又有日伪和顽军的重重阻碍。为了大家的安全，延安那边首长指示暂停发动各地有志之士赴延安的行动，就近考察深造，待时间成熟再赴延安。秋华同志，不要灰心，相信胜利的那天我们能够在那里重逢。"

分别时，宋福林又对乔秋华说："她为你做了很多，你应当将她记在心里。"

夜色下的吴淞口，最后一班客轮正缓缓驶离岸边。在悠长的汽笛声里，乔秋华站在甲板上举起手，向这个城市告别。他身上挂了一只怀表，并让怀表抵在右边胸膛，里面嵌着苏曼玉的照片。他记忆里的苏曼玉永远穿着一袭红色旗袍，就像一朵热情奔放的红色玫瑰。往后的岁月里，这朵红玫瑰将永远开放在他心上。

还有那个火热的信仰，将永远高悬在他的心里，熠熠生辉，内心从此永远不会被黑暗笼罩。

— 第十七章 —
游埠镇

南京失陷时，孙雅楠也逃了出来。由于开战前南京卫戌司令部为表背水一战的决心，销毁了长江上所有船只，等到撤退时逃生工具就成了天大的难题。撤退的军队为了抢夺一只小木船，甚至相互开了枪，许多军人没有死在战斗中，却死在了逃亡的路上。手无寸铁的老百姓自然不敢跟军队抢船，眼睁睁看着军人们一个个跳上船逃走，自己站在岸边只能干着急，有的人脑袋一昏跳进江中想要渡水逃生，结果成了江里的冤魂。

孙雅楠还算幸运的，她和几个逃难的人在芦苇荡里寻到了一艘旧渔船，他们兴奋地将船推到江面然后跳上去，在浩渺烟波里化作一截断苇向远方漂去。身后，沦陷的南京城硝烟滚滚，血肉横飞。孙雅楠忽然感到身上一阵剧痛，似乎被人用刀划了一下，检查身上却没有发现任何伤口。接着，孙雅楠感到中了一枪，身上却没有弹口。之后，身上又突然火辣辣的，好似被点着了火。没多久，她又感到一阵窒息，就像被活活埋到了土里。孙雅楠以为自己因为内心惊慌而产生了错觉，她一点都不知道，这些在身后那个沦陷的城市里正活生生上演着，有无数的人丢了性命。孙雅楠看见船下的江水是红色的，以为是夕阳余晖的倒映。

孙雅楠好似进入了一个梦里。两岸变成了一幅巨大的卷轴，她看见九一八事变后，日本兵趾高气扬地开进她的家乡沈阳，家人与乡亲们被日本兵用刺刀赶了出来，踏上逃亡的道路。逃亡的人们成千上万，队伍黑压压一大串根本看不到尽头，人们神情倦怠，衣衫褴褛，不知疲惫地往前走着。走了没多久，日本兵追了上来，骑着高头大马挥舞着长刀连连砍杀逃难的人。人们吓得四散奔逃，父亲跟她也跑散了，从此不知所终。长长的队伍一下子没有了，逃过一劫的孙雅楠继续向前走着，辽阔的天地间似乎只剩下她一个人。

终于走到了山海关，关内没有日本兵，想必已经脱离了危险。1932 年底，各家各户准备忙着过小年，夜晚空中蹿起了烟花。即便是喜庆的响声，孙雅楠依然感到阵阵恐惧。她没想到的是，烟花的响声过后，随之响起的是炮声。1933 年元旦之夜，日军进攻山海关，守军措手不及，这个通往中原的重要关口很快沦陷，孙雅楠在惊恐中再次拔腿逃命。

战火已经烧到关内，自己还能逃到何处呢？就算能够逃得一命，家园已经沦丧，自己从此将变作游魂野鬼，在陌生的土地上游荡。孙雅楠看见自己的身影变作一缕青烟，在无边无际的战火中绝望地奔突着。有个声音在她心里回荡不已："逃！逃出去！"

远方从来都无比遥远。这次逃出南京也不知要去向何方。起航后不久，他们携带的食物吃尽，饥饿开始折磨船上每一个人。有人开始病倒，很快就奄奄一息，恐怖的气氛笼罩了整只船。船老大将死去的人推下船，奔涌的江水吞噬了一个又一个人。一望无涯的江面让孙雅楠时时心惊胆战，她想着自己会不会有一天也被推入江里。

最后船上只剩孙雅楠和船老大两个人，船老大已经无力掌舵，任凭小船向前漂流。

饿了好几天后，船老大孤注一掷地将两条胳膊伸到水里，结果奇迹般地抓到了两条草鱼。船老大犹豫了一会儿，将其中一条草鱼扔给孙雅楠。

"吃吧。"

孙雅楠愣住了，说："你倒是把鱼烧熟啊。"

船老大反问她："没火怎么烧？"

孙雅楠也反问道："那没烧熟怎么吃？"

"你不还有嘴吗？用嘴吃不就行了。连猫都知道用嘴吃鱼，难道人会不知道？"

孙雅楠一脸苦笑："生的能吃吗？"

"随你吧，饿死了可不关我的事。"

船老大不再理会她，自顾自大吃起来。他的嘴角沾满了鱼鳞，鲜血顺着他的下巴滴落下来。看着生吃草鱼的船老大，孙雅楠空瘪的胃里也掀起了浪头。但孙雅楠心里涌出三个字：活下去。她抓起草鱼用力咬了一口，感受到的是满嘴甘甜。沉寂的食欲在这一刻爆发，她顷刻间将整条草鱼吃得干干净净，连骨头和鳞片也一同咽了下去。一旁的船老大目瞪口呆。看来生存的希望是有的。

后来，船在一个小码头停下来，像一位再也走不动的远游客。下了船，孙雅楠看见一个古色古香的小镇，当中还有一条热气腾腾的街。浓浓的生活气息随风吹到孙雅楠脸上。

她问一个路过的当地人："这是什么地方？"

当地人说："游埠镇。"

孙雅楠觉得有这么一条热气腾腾的街，这个地方肯定适合过日子。她后来知道，游埠镇属于浙江中部一个叫兰溪的小县城。孙雅楠觉得兰溪这个名字和上海蛮像，里面都带着水，也都带着江南地名的典型特征。

孙雅楠选中一间水边的屋子，然后像蒲公英一样从风中落下，在游埠镇扎根、发芽。她像许多世代生活在这里的女人一样，每天清晨拎着一篮水汪汪的青菜或者腋下夹着一盆昨天换下来的衣服，到河边去濯洗。在河面上的袅袅雾气中开启一天的劳作。时间长了，她不再想念热闹的黄浦江，她觉得有这样一条安静的河在日子里流淌就足够。

虽然不似大上海的繁华，这里的生活同样也是有滋有味。每天早晨，孙雅楠学着当地人的做法，将馒头放进烧得刺刺响的菜油里煎成金黄，吃起来又脆又香。以前在上海，她从没尝试过这种吃法。这里也有生煎包，个头比上海的生煎包大很多。除了生煎包，还有肉沉子、葱烧饼、鸡蛋糕，有时候懒得做早餐，孙雅楠就会去那条被叫作茶街的老街喝上一碗豆浆，咬完一个鼓鼓囊囊的鸡蛋糕，然后挺着肚子穿过袅袅热气回家。

兰溪周边有大片看不到尽头的田野。闲来无事的春日，孙雅楠会挎上篮子去田野里剪马兰头，或者荠菜，荠菜在当地被叫作"双喜菜"。她还跟着当地人学会了在水塘里摸螺蛳，在烂泥里逮泥鳅，把自己活成了一个地地道道的农妇。孙雅楠觉得过这样的日子也很不错，就像一只无所事事的雀鸟游荡在春日里。

刚开始，孙雅楠以为这里只是自己歇脚的一个站点，但住了一段日子后，她才发觉自己再没有了离开的念头。

— 第十八章 —
故土思故人

撤离上海后，乔秋华的下一站是浙江南部的衢州。但他还没到衢州就下了船。下船的地方叫兰溪。这里其实是他的家乡，可是此前他都没怎么待过。

乔秋华就像一个逃荒的难民，带着满脸茫然从西门城楼的台阶走进兰溪。他不知道孙雅楠此时就在兰溪，孙雅楠同样不知道乔秋华也已经站在兰溪的地面上。现在他们都站在同一片土地上，因此也就意味着会有重逢的可能。

在乔秋华眼里，兰溪还是跟上海蛮像的，都拥有一条银带似的江，这个县城的光怪陆离和喜怒哀乐就像画轴般沿江一路铺开。当地方言也有诸多与上海话相似的语调。到夜幕降临，城市深处也会亮起霓虹灯，虽然并未像大上海那样炫人眼球，但多少也勾勒出了烟火繁华。站在霓虹灯下望着粼粼兰江，乔秋华总会误以为自己仍然站在大上海的地头上。但这里没有战火，一切都有条不紊地进行着，虽然不奢望有意外的惊喜，可至少能让心时时安宁。

乔秋华唯一迷茫的，就是在这里能做点什么。此前，他不是在战场上与敌人明刀相向，就是在隐蔽战线与敌人暗中较量。如今来到一个这么平静的地方，他还真有点不太适应。直到后来一天，他在街上看见一间挂牌转让的花店，以及店门口一棵挂满金色叶片的银杏树。时节正好来到深秋，满目的金黄霎时间让他心里有了答案。

没有顾客的时候，乔秋华就坐在柜台前写信。他迷上了那种绿色的方格信纸，也迷上了把最想说的话写到上面。直到把心里的话变成文字，他才发现自己想说的每句话都与那个人有关，连他自己也不敢相信。上次见面还是南京沦陷前，多年过去了，她如今身在何处呢？日子是否过得平静？乱世动荡，个人犹如暴风雨下的浮萍，根本无力左右命运。他不敢奢望再与她见面，只是祈求上苍不要把太多苦难降临到她身上。

好在还有这抹绿意能够托付希望！乔秋华把写满字的信纸装进信封，塞进市区唯一一家邮局大门口的邮箱。信封上写着的目的地不是上海便是南京。他觉得如果她还活着，肯定是在这些地方的其中之一。总不可能在这里吧？乔秋华笑了起来，再次告诉自己，她肯定不可能在这里的。

一天，有辆脚踏车"叮当"一声停在花店前，来人是一名邮差。他将厚厚一沓信件放到乔秋华面前，毫不客气地说："我们这边寄不到上海和南京的。"

正当乔秋华感到失望时，邮差狡黠的目光一闪，说："要是你非寄不可，我还有别的路子。"

乔秋华立即眼睛发亮，追问道："快说说。"

邮差说："你跟我来。"

乔秋华连忙跟上去。正好有一对年轻情侣来买花，乔秋华扔下一句"提前打烊了"就匆匆走出门。那对情侣当即愣在原地，他们印象里花店老板都是热情好客的。

邮差让乔秋华坐在车后座，这个邮差员的名字叫"戚摩托"，乔秋华差点笑了起来。戚摩托骑得实在太慢，半天才让花店消失在视线里头。乔秋华终于忍不住说："能不能骑快一点？你叫'骑摩托'，但你骑得好慢。"

戚摩托在前头反驳："老哥，这是脚踏车不是摩托车。"

"邮差骑的不就是脚踏车吗？"

"那可不一定，邮差也可以骑摩托车。我这辈子的愿望就是能骑着摩托车送信。我多在世时就想有一辆摩托车。我多还说，哪怕做邮差也不能没有理想和追求。"

乔秋华拍拍他的肩膀："那祝你理想成真。"

要在以前，戚摩托可不是这个速度。他的两条腿总是将脚踏车蹬得飞快，整个人在大街上就像利箭一样穿梭，留下交警在后面气急败坏地呵斥。可往往是话还没落地呢，戚摩托已经不见了踪影，飞扬的尘土似乎表明刚刚的确开过去一辆摩托车。

戚摩托风驰电掣的速度在一次交通事故中给他带来了霉运，险些还把命丢了。从那以后他终于学会在大街上慢悠悠地骑行，但内心对拥有一辆摩托车的愿望越发强烈。

他们来到兰江边一座仓库，戚摩托将脚踏车锁上，推开仓库厚重的大门朝里头喊了一声"三哥"，里头飘出一个含糊不清的声音："滚进来！"

在一盏马灯下，四个穿着黑衣黑裤的男人正围在一起打牌。戚摩托走到其中一人面前，恭敬地喊了声"三哥"。对方头也不抬，眼睛依然盯着手里的牌，说："又给我介绍买卖来啦？"

戚摩托使了个眼色，乔秋华走过去做自我介绍，对方却打断了他的话头，直接问："要办什么事直接说。"

乔秋华掏出信件放到桌上，说："麻烦你帮我把这些信送到目的地。"

对方扫了信件一眼，又看了乔秋华一眼。对方伸出五根手指头晃了晃。乔秋华连忙掏出五枚光洋恭敬地放到桌上。

"钱到位，事情一定给你办成。"

"拜托了！"乔秋华朝他们鞠了一躬。在场的人都不知道，这是他发自内心的感谢。但凡是与她有关的事情，他总是不惜代价。若是有人帮他了却心愿，他必定万分感激，哪怕对方只是尽了绵薄之力或者是举手之劳。

回去路上，乔秋华问道："他们都是些什么人啊？"

"青帮。"

乔秋华脚步顿了顿，从前他对这两个字不屑一顾，如今他感到有他们帮忙，信肯定能送到。他知道，在这个世界上只要把钱给足，就没有青帮办不成的事情。他高兴得露出笑脸来。

夜晚，孙雅楠走在大街上，夜色中忽然一缕幽香飘入她的鼻中，一些记忆被点燃了，在暗夜里发出光亮来。孙雅楠又往前走了几步，只见一家糕饼店还在营业，幽香就源自那里。店门前，一对年轻情侣刚买完糕点，男孩耐心地将糕点掰下一小块，吹走热气喂到女孩嘴里，女孩吃着爱人递来的糕点，在孙雅楠的视线里露出甜美的笑容。

她猛然想起数年前在南京，有个人将一份同样热气腾腾的糕点放到她眼前，也是一份美好的心意。可是糕点的热气一点点地散去了，她却始终没有接受这份心意。于是糕点就一直被冷落在那里，直到坏掉。孙雅楠隐约记得，那个人送的也是这种糕点。自己与那个人已经许久未见。不知此时他身在何处？是否还活在世上？这场战争让越来越多的人没了音讯，自己今生亦不知与他是否还有相见之时。孙雅楠暗自诧异，自己何时对那个人有了如此深的眷恋？

孙雅楠要了和刚才那对年轻情侣相同的糕点，却被告知所有糕点都已卖完。望着满脸疲惫的伙计，孙雅楠脸上挤出个难看的笑容，说了句"谢谢"，转身离去。她没想到，从前自己不珍惜的东西，如此想再次得到，却并不容易了。糕饼店已打烊，孙雅楠失落地走进夜色中，也走进回忆的浪潮中。那里，糕点依旧热气腾腾，香味扑鼻。

― 第十九章 ―
往日深情

　　乔秋华关上花店的门已经是夜晚十点多。夜风忽然吹动了满地的银杏叶，在他视线里化作一场金黄色的盛舞。乔秋华望着满目金黄，往昔岁月在脑海里奔流而过，他抓住其中一个片段。

　　那个上海失陷前的夜晚，空荡的外滩公园里，也是满地银杏叶被风吹起。银杏叶孤独地打转，升起又落下，直到被一双手拾起，扎成一束金黄发亮的玫瑰，银杏叶成了花瓣，每一片都饱含深情。金色玫瑰大放光彩，清冷的夜色为之动情。

　　乔秋华捉住一片银杏叶，往日情景再次重现，直到一捧深情的金黄绽放在眼前。他想起来还没有给这捧金黄取个名字，心里马上有了四个字：往日深情。

　　绽放的金黄再次告诉他，已经与过去好久不见。回忆总是有着无限美好，让前行的人止不住回过头来。在一大片金黄的色彩里，乔秋华笑了起来，眼角流下热泪。他心里对那个人说：

　　"真是好久不见了。"

　　乔秋华将那捧金黄玫瑰放在柜台上，进出花店的人偶尔会看上一眼，却没有过多关注，直到后来的一天，有个声音像是从记忆里飘出来："请问这花卖多少钱？"

他曾经以为自己再也没机会听到这个声音了。乔秋华猛地转过身，赫然看见她站在面前。那一刻，他不光看见了她的脸，还看见了她脸上的那枚黑痣，顽皮的小飞虫依然赖在那里，她丝毫没变！那捧金黄此时就在她手里大放光彩。他以为她的身影不会再出现在视线里，所以当她真实地站在眼前，他竟然差点儿落泪。

她笑了。这个奢侈的笑容，曾经让他日日夜夜都向往不已。她笑着说："好久不见了。"

乔秋华觉得她的声音仿佛来自梦境，可是自己为何又听得真切呢？于是他也笑了，说："你喜欢的话，就送给你好了。"她脸上的笑容就更加灿烂了。

此时，她捧着他亲手做的玫瑰花束，站在一大团温暖的光线里，脸上的笑容和手中的花瓣都闪闪发亮。她就像一个沉浸在幸福中的人儿！终于与她重逢了！但乔秋华的心却平静从容。他明白，已经有一大束红色的玫瑰在自己心里热烈绽放过，自己的心早已是属于她的沃土，又怎能培植别的色彩呢？在幸福的情景中，乔秋华无奈地笑着。

她从记忆中来到现实，依旧叫孙雅楠。她没有一点变化，依旧让他心动不已，但也仅此而已了。此生还能与她相遇，足矣。

乔秋华带孙雅楠逛了兰溪唯一一家规模不算小的商场，打听到了露天电影的场次时间。他想要尽可能地让她在这里生活得舒心，最好让她找到生活在上海的感觉，这样子她估计就不会离开了。他哪里知道，孙雅楠除了这里已是无处可去，所以她肯定不会离开的。他总是想着法子尽地主之谊，尽管他自己也与客人无异。

重逢后的日子里，他们常在一起喝酒。除了喝酒之外，好像没有第二件事情可以做。在这里，没有唐培里侬香槟，没有格兰菲迪威士忌。上海有的酒，这里一样都没有。当地有一种红色的酒，看起来像番茄汁，后劲却足得很，时常把乔秋华的脸弄得跟酒一样红。在当地它的名字里却有一个"黄"字，叫"缸米黄"。兰溪随处都能喝到这种叫缸米黄的酒，应是这里的特产，也将成为他们又一个共同的记忆。

他们经常去一家叫"弹道"的面馆。在那里，乔秋华才知道兰溪的酸菜牛肉面在全国范围内都堪称一绝。除了筋道的面条，还有一碗浓浓的牛肉酸菜汤，让人沉溺在美味的享受里难以走出。面馆老板是一名与孙雅楠年龄相仿的女子。她的面前永远都摆着一幅刺绣，没有客人的时候，她就安静地坐在柜台后做刺绣，有时候客人走到面前也浑然不知。她手头仿佛有着永远做不完的刺绣。女老板偶尔会笑一下，但更多时候是满脸平静，仿佛将所有故事都深藏在心底。

乔秋华忽然觉得，自己就这样和孙雅楠推杯换盏也挺好的。起码，对方视线里只有自己，对方醉倒时陪在她身边的也是自己。

第二十章

良叔的真相

早晨，孙雅楠被牙床的阵阵疼痛惊醒，她往镜子里照了照，发现右边的牙龈已经红肿。她去镇上的恩泽堂找孙良才中医。孙良才的年纪并不大，但已经满头白发，额头上也有皱纹张开，仿佛是经历了过多世事沧桑而提前衰老。孙良才看了看孙雅楠的牙，去后院挖了些车前草的根部，嘱咐她用此物熬汤，喝上几次就能消痛。这次问诊，孙良才没有收钱。

孙雅楠与镇上其他人一样，对这位中医充满好感和敬意，大家都亲切地叫他"良叔"。此前，她听人讲良叔并非当地人，他来这里的时间并不长，是从很远的地方流浪过来的。他的一条脚有残疾，好像是在战争中受的伤，走起路来总是一瘸一瘸的。

在孙雅楠的印象里，孙良才除了给病人问诊，其他时候都是在摆弄各种草药，所以他留给别人的往往是一个安静的背影。孙雅楠还曾注意过他的眼睛，如静水般幽深，让人无法一眼看穿，似乎包含着万千秘密。

恩泽堂大厅上挂着一块匾额，上书"悬壶济世"四字，这是医者之魂。良叔在匾额前看病，心里自然多了一份虔诚。对于贫弱者，他总是不收费用，还免费赠予药材。赶上当地集资修路建桥，或者庙殿开光，他也慷慨解囊。日子久了，良叔多行善举的口碑远近闻名。镇子上有这么一位妙手仁心的医生，人们有了头疼脑热也很少再去县城的医院。

可这么一位德高望重的良医，有一天也会让人大跌眼镜。

近来乔秋华一直咽喉疼痛，吃了清热药也没好转。他想起了游埠镇上让孙雅楠赞不绝口的恩泽堂药房，决定去那里求医。

走进恩泽堂，浓浓的中药味迎面而来。相比西医，乔秋华更加信赖中医，因为中医与草木关系更亲近。在他看来，草木都是有神性的，发病的躯体要依靠草木的神性才能渡过劫难。内堂里，一位穿着灰布长衫的中医正戴着眼镜为病人把脉。看到中医面孔的那一刻，乔秋华感到浑身的血液都热了起来。眼前这个穿着破旧灰布长衫的中医在他记忆里却是另外一番模样。

那是1937年炮火连天的南京，在一次近距离交战中，一张日本兵的面孔映入乔秋华视线。半张脸颊都沾满鲜血，让他的两只眼睛更加狂热。如今，这张脸再次出现在眼前却大大不同，曾经的侵略者成了悬壶济世的仁医，让乔秋华感到无法接受。见中医没有注意到自己，他转身快步走出恩泽堂。

一个小时后，两辆反特处的卡车停在恩泽堂门口。端着卡宾枪的士兵跳下车先把周围包抄得水泄不通，然后一脚踹开恩泽堂的大门。被捕时，孙良才没有抗拒，甚至都没有辩解，他依然微笑着为最后一名病人问诊，开出药方，然后起身朝着那块写着"悬壶济世"的匾额鞠了一躬，走出大门。恩泽堂门口早已围满了人，大家瞪大了眼睛看着良叔被带上车。

孙雅楠听到良叔被捕的消息正好在吃饭，手中的饭碗差点掉在地上。她立即赶到兰溪县城找乔秋华，问他能否请求反特处将孙良才放了。结果被一口回绝。

乔秋华骂她："你是不是昏头了？"

孙雅楠没想到乔秋华的态度会这么冰冷，印象里这是他第一次对自己发脾气，内心震惊不已。

乔秋华又说："你们关系很好吗？"

"他人非常好，镇上的人都喜欢去他那里看病。他是个好人。"

乔秋华笑了起来，讽刺道："他是好人堆里挑选出来的吧？"

见孙雅楠一脸愕然，乔秋华说道："他的真名叫'原田宏吉'。这你一定不知道吧？"

孙雅楠一下子傻了眼："这是日本人的名字啊！"

"因为他就是个日本人。日军在 1937 年年底攻进南京，之后做了什么，你也很清楚。"孙雅楠觉得他的话句句是事实，所以自己无法辩驳。

孙良才，也就是原田宏吉最终被判了死刑。他曾经是侵华日军中的一员，先后参加过进攻上海、南京、武汉、南宁等中国重要城市的战役，1940 年在进攻宜昌的战斗中被子弹打穿了腿，医生告诉他，从今以后他只能跛着一条腿走路了，军旅生涯也被迫中止。从部队退役后，他并没有回到故乡日本，而是隐姓埋名来到浙江中部的小城开设了医馆。战前他就是一名医生，他家祖祖辈辈都在日本奈良县行医，他做这行可谓轻车熟路。

在游埠临河的一间小茶馆里，乔秋华告诉了孙雅楠判决结果。他还说："他造的孽起码能枪毙十次，可惜人的命只有一条，所以他还是捡了个大大的便宜。"

孙雅楠一言不发，默默喝干杯中茶水，"哦"了一声，起身离去。乔秋华听见了她的一声叹息，让他瞬间想起黄浦江上的汽笛，在秋

风里悠长得令人伤感。

牢房里有一扇狭小的窗，到了夜晚，月光从窗口照进来，犹如银河中泻下小小的瀑布，让这方幽暗的空间更加寒冷。孙良才倚靠在墙上，微微抬头就会与天空中的月亮打个照面。孙良才久久凝视着，想起了故乡村外的山岗，以及挂在山岗上方的那轮月亮。即便过去了很长时间，走过了很远的路途，月亮依然没有变，依然高悬在远游客的头顶，只要回过身，归家的道路就被照亮。

自己有多久没回去过了？都怪这该死的战争！让许多人变成了冤魂，也让许多人变成了魔鬼。每当夜风吹起，自己仿佛就听见受害者的呼号与控诉。黑夜变得无比可怕。

眼前忽然出现了月亮和山岗，熟悉的情景，他兴奋地奔去，结果撞在冰冷坚硬的墙壁上。头破血流的孙良才心中忽然无比渴望从高墙的包围里逃出去，哪怕肉体无法逃脱，灵魂也一定要飘离这里。

在之后的一个月夜，孙良才开启了一场逃亡。为此，他用了好几个晚上来策划。因为是日本战犯，其他犯人都不屑于跟他同一个牢房，这为他的逃脱大大提供了便利。孙良才先是打晕了进来查房的狱警，然后迅速换上狱警的衣服。其他三名狱警刚打开一瓶酒，就着一包盐水花生正喝得兴起，丝毫没注意到从眼前走过的同事无论是身高还是走路姿势都大不一样。

孙良才到底是身经百战的军人，即便身陷囹圄依然气定神闲。当迎面有人走来，他也丝毫不慌乱，甚至还朝对方微微点头。监狱并不大，可是走到大门口的那一刻，孙良才分明感到走完一段漫长路程后的轻松，自由天地已在眼前，接下去便是义无反顾地冲进了夜色中。

猎犬只是暂时喝醉了，等到清醒之后，嗅觉依旧灵敏，脚步依旧迅疾。猎物还在为暂时逃脱庆幸不已之时，猎犬已经开始了雷厉风行的追捕。

逃亡的孙良才视线里出现了一座山岗，月亮就在山岗上面，一伸手就能够着。太像故乡了，逃亡的人终于停下脚步。明月，山岗，故乡，在梦中出现过无数次的情景，孙良才流下了热泪。唯一不同的，身后并不是母亲的呼唤，而是追捕者冰冷的脚步声。因此，美梦注定短暂，当一道强光从背后狠狠射来，归乡的梦便碎成了无数块，落了一地。

孙良才继续在夜色中奔逃，后面有许多人穷追不舍。慌不择路的孙良才跑进了一座古村落，即便隔着朦胧夜色也能发觉村里建筑物排列得不同寻常。孙良才仿佛跑进了一座迷宫，每条路都好像是正确的，跑到尽头才发现选择了错误的方向。孙良才若是站在空中就能发现，整个村子是一个巨大的八卦。追捕者在村外围成一圈，对他们而言，猎物已经插翅难飞。

孙良才跑到虚脱也没能从这座迷宫般的村子里逃出，最后他像只疲软的小狗被拎了出来。两名士兵将他摁倒在地，用枪托一阵痛打，然后推进了囚车。

孙良才问一名士兵："这是什么地方。"

士兵冷冷地回答："诸葛八卦村。"

孙良才觉得这是个不同寻常的古村，他到死都没机会知道，那里每位村民都复姓诸葛，是一代名相诸葛亮的后裔。他更加不知道，这座古村的布局可谓巧夺天工，就连经验老到的盗贼到了夜晚都不敢涉入。

因为发生了越狱，孙良才的死刑被提前执行。按照惯例，死刑犯用一颗步枪子弹撂倒了就完事。但大家都觉得就这样枪毙太便宜了他，于是调来一支冲锋枪，当行刑令下达，冲锋枪对着人犯劈头盖脸扫了过去。孙良才倒地时，一阵风刚巧从远处吹来，浓浓的青草味灌进他的鼻子里。孙良才仿佛嗅到了春天的气息，所以他最后一刻的想法是，能够死在春天里也不错。

孙雅楠还没来得及替良叔收尸，自己也出了事。反特处接到群众举报，孙雅楠曾经频繁进出恩泽堂，看起来与日本特务原田宏吉交往甚密。在审讯室，孙雅楠拒不承认自己与日本特务有牵连，立功心切的审讯人员直接让孙雅楠坐到了老虎凳上面，结果她没挨一会儿就晕了过去。

得知孙雅楠被捕的消息，乔秋华没弄清情况就找上反特处的门。刚开始哨兵将他挡在门外，直到乔秋华亮出上海情报站的证件，之后一名军官接待了他。

乔秋华极力为孙雅楠辩白，他甚至编造了很多根本没有的事情，讲到嘴巴都干了。对于孙雅楠是否真的与原田宏吉没有勾连，其实乔秋华心里没有什么底。他知道孙雅楠是个极容易动感情的人。不过，此时他只想把孙雅楠救出来，其他的都顾不上了。

反特处派人搜查了孙雅楠的住处，没有找到任何能够证明其是日本特务的物件，再加上乔秋华的求情，终于答应放人，但必须上交二十块大洋，理由是从逮捕到审讯也耗费了不少人力物力。其实这是反特处的长官借机敲竹杠，但乔秋华毫不犹豫地将二十块大洋塞到长官手里，并连连鞠躬道谢。对他而言，救出孙雅楠就是最大的胜利。

交完钱，军官问道："她是你的女人？"

乔秋华看着昏沉沉的孙雅楠，生怕引起她的不快，摇摇头说："不是。"他不知道孙雅楠已经感到了不快。

军官露出诧异的表情。

乔秋华将孙雅楠送回家，临走前，他将两瓶麦乳精放在桌上，说："你总归要擦亮眼睛的。"

孙雅楠点点头，一言不发。她不知道，桌上这两瓶麦乳精是乔秋华同样花了二十块大洋才搞到的。兰溪根本买不到这种高档玩意儿，还是多亏戚摩托牵线，乔秋华知道孙雅楠虚弱的身体急需更多的营养来补一补。乔秋华走后，孙雅楠捧着麦乳精哭了一场。之前乔秋华对军官解释说自己不是他的爱人，那一刻她清晰地感觉到内心的难过。军官不知情况，就算说"是"又有什么关系呢？可惜他并没有，就像一根笨重的木头，又长又直，遇到拐弯就要卡住。孙雅楠又好气又好笑。

枪决孙良才后，恩泽堂的大门一直这样敞开着，仿佛一只空洞的眼睛。当地的人们已经很久没有想起恩泽堂，只有外来的人路过时会好奇地朝里头瞧上一眼。直到后来的一个雨夜，恩泽堂在狂风暴雨中倒塌。第二天，附近的人将残破的木梁连同那块悬壶济世的匾额扛回家劈成柴火，这个叫恩泽堂的地方从此无处可寻。

无独有偶。

有一天，孙雅楠看见弹道面馆门口围满了人，还有一辆警车。在她疑惑的目光里，两名警察押着面馆老板娘从里面出来，她依旧面无表情，似乎一点都不在乎。警车拉着老板娘呼啸而去，围观的人也散去了，只剩下孙雅楠在面馆门口站了好半天，屋檐落下细碎的阳光让她心头一阵怅然。

老板娘被带到警局时已经变成尸体。途中她偷偷咽下了一颗毒丸，也将所有秘密咽进肚子里。沉默的人，大多是为了将许多东西深深掩藏。老板娘知道，马上会有一个人来接替自己，自己要做的，就是永远闭上嘴巴。所以她将毒丸用力吞下了去。

生命剩余的几分钟里，她开始回顾自己的一生。她发现自己最留恋的除了家乡，竟然是这个面馆。多年前，她奉命来这个小城潜伏。当她游荡在这方陌生的天地里时，心里想着自己能不能在这里待得牢。一股面香飘过来，让她的脚步猛地刹住。她循着香味走进一家面馆，吃了一碗酸菜牛肉面。第一口面吃进嘴里时，什么任务使命统统抛到一边，她的眼前是酸菜牛肉面，心里也只剩酸菜牛肉面。

作为受过严酷训练的特工，她早已懂得控制感情。然而那股酸菜牛肉面的香味还是让她心动了，瞬间对这个小城产生了好感。特工亦是人，既然是人，终究无法摆脱人间的烟火。她在这里开了面馆。想来这就是对自己最好的掩护，又有谁会对一家能烧出美味面条的面馆产生怀疑呢？每到打烊之后，她就会坐到桌前，望着桌面客人大快朵颐后的残渍，心里想要是没有战争和无法抗拒的使命，自己在这个安静的小城，安静地经营一家面馆，每天沉浸在酸菜牛肉面的香味里也挺好的。当意识开始模糊，她明白这个愿望只有等来生实现了。

第二十一章

充满无奈的重逢

好在弹道面馆并未关张，新任掌柜也是一个年轻女子，也是整天就静静地坐在柜台后面，偶尔对客人露出笑脸。世间的女掌柜大抵都是这般。

身体恢复后，孙雅楠依旧经常和乔秋华去弹道面馆，她开始主动邀约，这让乔秋华感到莫大的欢喜。可是后来有一天，木村信哉出现在两人朦胧的醉眼里，他们的醉意便一下子消散了。无论乔秋华还是孙雅楠都意识到这段惬意的日子将到此为止。

木村信哉也呆住了，他本想迅速转身，可是自己的身影已经嵌进两人的眼里。他只好面对着两人，半天才挤出一个勉强的笑容，说："好久不见了。"他像是对孙雅楠说的，也像是对乔秋华说的。他不知道到底对谁说，毕竟他们都是他的旧相识。

在兰溪，孙雅楠并不是第一次遇见木村信哉。之前他们就曾猝不及防地相遇。当时两个人都愣了好半天。

木村信哉看见面前这个女人的脸上有怨恨，但更多是久别重逢的喜悦。泪水已经积满她的眼眶，仿佛下一秒就要破堤而泄。木村信哉本来想说那句客套的"好久不见"，但是话从嘴巴出来变成了："你还好吗？"他知道，自己欠她一个解释，更加欠她一个道歉。

结果，孙雅楠的泪水就流了下来，在两侧脸颊画出一条伤感的泪线。木村信哉抬起手想要替她擦去眼泪，结果孙雅楠抢先抬手给了他一记耳光。木村信哉的手就僵在了那里，他想要解释：

"其实我……"结果话被又一记清亮的耳光打断。

孙雅楠说："第一个是为了我，第二个是为了我的国家。"木村信哉的手垂了下去，他说："我真的很抱歉，对你，也对你的国家。"

孙雅楠冷笑着说："你太客气了。敌人之间没必要太客气。"她故意将"敌人"二字加重了语气，结果看见木村信哉脸部的肌肉抽搐了一下，于是在心里幸灾乐祸地笑了。

这次乔秋华也在场，孙雅楠的心立马慌起来。即便是再次相见，她依然不能相信会在这个地方与木村信哉再见面。只是觉得，有些事实简直比做梦还要荒唐。上次分别，他曾向自己保证离开这里，并且永不再来。可是他又在这里出现了。无论是去而复返，还是压根没走，孙雅楠都在心里告诉自己，这个人是根本不能相信的。自己又一次被他骗了。

孙雅楠摇晃着站起来，木村信哉想要过去扶她，但难以迈出腿。孙雅楠将酒杯朝木村信哉晃了晃，说：

"一起喝点？"

木村信哉刚坐下来，孙雅楠就把一整杯酒泼在他的脸上。木村信哉掏出手帕将脸擦干，笑着说："你就这样请人喝酒？"

孙雅楠拿起第二杯酒准备向木村信哉泼去，可是手掌不听使唤了。木村信哉说："我帮你。"他拿起一杯酒对着自己的脑袋泼下去。

当孙雅楠又拿起一杯酒时，乔秋华抓住她的手腕，说："够了。"可杯里的酒还是朝木村信哉飞了过去。酒溅到脸之前，木村信哉闭上了眼睛。等他再睁开眼，还以为会看见孙雅楠怒气冲冲的脸，结果看见她脸上凄惨的泪水。

被拉出面馆前，孙雅楠扭过头想再看那个人一眼，然而只看见了老板娘。对方依旧面无表情，似乎对刚才店里爆发的这场冲突丝毫不在意。自己就像在演尴尬的独角戏！孙雅楠此时丝毫没有出了恶气的快感，反而是一阵凄凉涌上心头。

木村信哉此前得到了日本陆军上司的接见，得知大本营即将发布"大陆第621号命令"，而后木村信哉奉命潜入兰溪侦查。此外，上司还告诉他，之前大本营派出了代号"良子""富士山"两名特工潜伏在兰溪，不久前"良子""富士山"先后被捕，所以他需要接过使命。木村信哉凭直觉判断，日军不久后将踏上这里，一想到她也在，立即感到深深的不安。

回去的路上，乔秋华说："你刚才把自己变成了个地地道道的泼妇。"此前在他眼里，孙雅楠始终像一棵美人蕉，安静、优雅。她刚才的举止让他着实有些吃惊。

"是吗？"孙雅楠低着头，只看脚下的路。乔秋华又说："其实我也找他很久了。"

孙雅楠忽然朝他翻了白眼，说："你想举报就去呗，赏钱可不少的。"她越过乔秋华快步向前走去，留给后面的人一个气呼呼的背影。

木村信哉想不到乔秋华会找上自己。但对方不是来寻仇的，而是要澄清一件事情。那件事情其实跟他无关，他却认定义不容辞。见面的地方是在弹道面馆，也就是孙雅楠打了木村信哉几巴掌的地方。走进面馆，当记忆回到眼前，木村信哉感觉脸颊又隐隐痛了起来。

男人之间的对话自然少不了酒。乔秋华叫了一大壶缸米黄，给木村信哉倒了一杯，笑了笑，说："酒里没有毒。"他先拿起酒杯一仰脖子喝完。

木村信哉也拿起酒杯，他的手有点发抖，仿佛杯中所盛之物重达万钧。那次，孙雅楠将一杯酒泼到了他的脸上，他没机会品尝。此时品尝起来，不料竟是满嘴苦涩。想不到世间有如此苦涩的酒。木村信哉艰难地将满嘴苦涩咽到肚里。

乔秋华只打算跟他喝一杯酒，所以没有倒第二杯。接着，他说明了来意："我是想告诉你，她根本不是那样子的人。"他的语气很坚定。说这话时，乔秋华脑海里立马浮现起孙雅楠怨恨的表情。

约木村信哉出来就是想对他说这句话，眼下话已经说了，他便起身告辞，留下木村信哉满脸惊愕地坐在那里。正巧酸菜牛肉面端来，乔秋华接过碗放在木村信哉面前，又说了句："这是她最喜欢的味道，希望你记得，并且一直记得。"

望着乔秋华的背影，木村信哉在心里长叹一声。他明白，自己与这个人相比，终究是差了一大截。从前，她的心扑在他身上，如今有了这个人的陪伴，她是否已经移情别恋呢？毕竟如此至真至诚的男子，又有哪个女人不会被打动？

第二十二章

切断往事

　　敲门声响起时，孙雅楠从抽屉里拿出手枪。走向大门时，她想象着自己将枪里唯一那颗子弹射出去，正中木村信哉胸口的情景。然而当木村信哉真正站在面前，手枪"哐当"一声掉在了地上。孙雅楠犹如一个做错事的孩子，满脸窘迫地站在那里。

　　木村信哉从地上捡起手枪，打开保险塞到孙雅楠手里，说："记得先打开保险。"

　　孙雅楠在心里长叹一声，她知道自己又一次败下阵来。她挥起手，一巴掌打在木村信哉脸上。比起手枪，这是更适合女性的报复方式。木村信哉歪着脸，淡然一笑，脸上五个指印无比清晰。

　　在屋里，木村信哉看到一瓶红牌威士忌，标签上的生产日期是1935 年，因此这瓶威士忌只可能是随她一同来到这里的。木村信哉打开威士忌给自己倒了一杯，孙雅楠下意识地说了句："少喝点。"刚说完她只想打自己的嘴。

　　木村信哉嘴上答应着，可却毫不客气地将一杯威士忌喝得精光。对于有些男人来说，女人的关怀只如同一股吹到耳鬓边的风，轻轻一擦就过去了，不痛也不痒。孙雅楠一直静静地看着木村信哉喝酒，她并不知道，她这话若是对另一个人讲，他一定立即执行，并从此牢牢记在心头。

直到整瓶威士忌只剩一半，孙雅楠才再次打破沉默："你还好吗？"尽管心里千不愿万不愿说这句话，奈何这会儿嘴巴不听使唤了。

木村信哉一举酒杯，笑着说："你还记得我最爱这个。"

孙雅楠在心里问自己：他的喜好，自己还记得一清二楚。既然如此，干吗又要对他动杀心呢？木村信哉刚才的那句话让所有记忆都重新来到眼前，孙雅楠的泪水流了下来。

夜空之上，月光突然在乌云后面消失了身影，像是急不可待去跟心上人幽会了。屋里，木村信哉托着孙雅楠穿过一段小小的走廊，将她放在床上。这个卧室的布置让他觉得眼熟，多年前，在另外那个城市，她的卧室里也是这般光景。木村信哉看着床上的孙雅楠，她白嫩的双臂在床单上展开，让她像一只月光下展翅的蝴蝶。她美丽的眸子里，此时有若隐若现的急切。孙雅楠觉得自己掉进一片软绵绵的水泽，一直往下沉去。回忆是如此温柔，让自己只想沉溺其中，再也不出来。

外面，路灯似乎被冻坏了，随月光一同熄灭。此时有个人坚定地站在夜色中，寒风将他的衣摆吹起老高。他看不见屋里，自然也看不见那两个沉浸在记忆里的人。他的目光只落在窗户透出的一丁点光亮上。可是这一丁点光亮把他整颗心都照得温暖。

他是乔秋华！

第二天，孙雅楠将木村信哉的照片扔在乔秋华面前，说："你把他杀了！"

乔秋华的眼光落在她的毛衣上，上面第一颗纽扣就扣错了，于是第二颗、第三颗都错了。衣服穿在她身上一边长一边短，就像被剪去了一大段。乔秋华笑着说："你衣服被裁缝偷了布吗？"

孙雅楠一愣，她不知道这句话是当地的戏称，专门指那些衣服穿得不正的人。她也没心思说笑。她下了一个决心：木村信哉必须从眼前消失，最好是从这个世界上消失，否则自己永远无法保持理智。

孙雅楠说："你帮不帮我杀了他？"

对于这个突如其来的请求，乔秋华在惊讶之余还感到窃喜，所以他毫不犹豫地回复了一个字："帮！"

为了这件事，乔秋华做了精心准备。他先是辗转联系上了当地的军火贩子，之后在黑虎巷的广慈医院旧址旁一手交钱一手交货。后来一个晚上，孙雅楠将木村信哉约到家里，为此她还精心做了整桌菜，并将那瓶木村信哉喝剩的红牌威士忌摆在餐桌正中。

孙雅楠突然的邀约让木村信哉心生疑惑，当他看见客厅上次只打开一半的窗户这次全部打开了，以及正对面楼上一扇窗户如一只眼睛在盯着他，心里什么都明白了。可他依然不露声色地坐在窗前，想象着自己的脑袋正在某把狙击步枪的瞄准镜里晃动。

他猜得一点没错，对面楼上此时有一支苏式莫辛纳甘步枪随时可以让他脑袋开花。

当木村信哉将剩下的半瓶威士忌喝完，乔秋华拉动枪栓将一颗子弹推进枪膛。就在这时，孙雅楠夹起一筷子菜放到木村信哉碗里，他有好久没尝过自己做的土豆牛肉，以前他最喜欢了。

乔秋华在瞄准镜里看到了这一幕，他扣动扳机的手僵在了那里。视线里分明是一个爱恋中的女子与心上人共进晚餐的美好时光。若是心上人死在面前，那么她心里的伤痛会有多深？乔秋华从瞄准镜前抬起头来，凝视着那个小窗透出的灯火，和窗后模糊的人影。手中蓄势待发的步枪也如一只败阵的斗鸡垂了下去。他长叹一声，将步枪拆解装进手提箱，默默离开。

木村信哉放下筷子时，孙雅楠听见心里重重的叹息声。她说："你走吧。"木村信哉似有所察觉，一句话也没有说，出门离去。

　　而后孙雅楠站在窗前看着外面空旷的夜幕，泪水在风里慢慢流下来，脸上却满是欣慰的笑容。尽管之前非要杀了木村信哉不可，然而当那一刻真正来临，她心里又后悔不已。所幸枪声迟迟没有响起，也告诉她，那个人终究明白了她的心意。此时孙雅楠在心里问自己：他与他相比，又有什么地方不好呢？

　　孙雅楠来到屋外，正巧乔秋华从对面楼上下来。见面时，孙雅楠埋怨他："你这个人真不靠谱。"可在乔秋华听来像极了一种赞许，他内心愈发难过。

　　第二天孙雅楠又在住处做了一桌饭菜，坐在她对面的是乔秋华。孙雅楠先举起一碗缸米黄喝得精光，将酒碗往桌上重重一放。乔秋华往她碗里倒上酒，她马上又一仰脖子喝光。乔秋华明白像这样喝酒很容易醉，但并没有制止。他从来都不会制止她，只要她高兴，怎样都行。

　　几碗酒下肚，孙雅楠的脸很快跟酒一样红。她的手指敲击着桌面，声音含糊但语气坚定地说："我不会再见他了，永远不会！"

　　听见这话时乔秋华正好喝了一口酒，他忽然觉得进嘴的酒很甜，那股甘甜顺着喉咙一直流进了心里。他拿碗遮住了脸，也挡住孙雅楠的视线，然后笑了起来。可是他没看见，孙雅楠的泪水已经流到了桌上。

　　自从上次从住处离开，木村信哉真的再也没出现过。每当在兰江边迎着风走去，孙雅楠总会觉得木村信哉是走进了风里，然后跟着一起飞到了她看不见的地方。她自然是希望他从自己眼前消失的，可一旦长时间不见他的踪影，她依旧会怅然若失。

　　孙雅楠还是会叫上乔秋华一起喝酒，地点还是在弹道面馆，吃的还是酸菜牛肉面,喝的还是当地的缸米黄酒。她觉得只有熟悉的人、熟悉的味道才能让自己心安。别人大抵觉得他们之间有说不完的话,但其实他们哪怕面对面也说不了太多的话语。乔秋华做得最多的是替对方倒上酒,最后扶着对方软绵绵的身子回到她的住所。

他从来都清楚,这个女子最需要的是陪伴,而自己能给予的也只有陪伴。对于自己来说,能够时时陪伴在她左右,便已心满意足。况且她已经决定不再见那个人,自己还能要求什么呢?

第二十三章

义不容辞

一天，有个人在大街上拦住了乔秋华的去路。等对方摘下帽子，乔秋华看见了季凌峰许久不见的脸。

乔秋华说："你是不是以为，我已经死了。"

季凌峰笑了笑。

乔秋华又说："要么你就当我已经死了吧。"

季凌峰笑着反问："可是你明明还活着，怎么能当作死了？"

乔秋华没想到季凌峰带来了战争的消息。事情是这样的，1941年最后一个月里，日本像吃了豹子胆突然出动数百架战斗机风风火火地闯进珍珠港，将停在那里睡大觉的美军舰队炸得七零八落。坐在轮椅上的美国总统惊得差点站起来，这群日本人敢在太岁头上动土，看来不收拾收拾是不行了。第二年4月，美国的B-25轰炸机就飞临东京、名古屋、大阪、神户等城市上空一通狂轰滥炸，虽然造成的破坏程度无法与珍珠港事件相比，好歹也挽回了颜面。

美军轰炸机执行完任务后飞至中国浙江省降落，这让日本朝野深感不安。同年5月，为摧毁浙江省内的前进机场群，防止中美战机"穿梭式轰炸"日本本土，同时歼灭第三战区中国军队主力，打通浙赣铁路，日军出动 10 万人马沿着浙江中部一路向南进犯，看架势要变作一把尖刀插穿江浙腹地。国民政府在浙中地区投入 11 个军约 30 万兵力严阵以待，自此，中日浙赣会战拉开了序幕。

季凌峰是来求援的。他肩负一项任务，具体是从一名日本侦察员身上获取一份绝密情报。季凌峰交给乔秋华一张照片，上面的人就是那名日本侦察员。看见照片上的人与木村信哉长得一模一样，乔秋华难过得只想闭上眼睛。对他来说，这张面孔注定是一个魔咒，永远无法摆脱。

乔秋华回复得没有一点犹豫。

季凌峰很满意，可是乔秋华内心积满了乌云。他很清楚要想完成这个任务，就必须请她出马。她曾说再也不见那个人，自己更是求之不得。然而如今自己却不得不劝她再跟那个人见面。她怕是会再次难过，自己更是如此。

乔秋华帮孙雅楠煮了一锅酸菜牛肉面。在饭桌上，他将计划讲给孙雅楠听，对方始终一言不发，将一大碗面吃得干干净净。孙雅楠丝毫没发觉嘴角粘了一片酸菜，直到乔秋华将手帕递过来，并指指她的嘴角。孙雅楠感到失望，其实她希望乔秋华主动帮自己把酸菜擦掉，可是他并没有。她也明白，没有得到自己的许可，这个男人一定不会那样做。他的手脚始终那么规矩，甚至都让她心生不快了。

孙雅楠果断说："我不会帮这个忙。"

实际上这是乔秋华内心期盼的答复，可此时他想要的是孙雅楠截然相反的回答。乔秋华说："我希望你能帮忙。"说完，他看见孙雅楠投来诧异的目光。他不知道自己说完这话时，眼角明显颤动了一下，也将内心的痛苦暴露无遗。

孙雅楠看着他，脸上露出冰冷的笑容，说："这一定不是你的真心话。"

　　乔秋华说："我希望你是答应的。"他这话一说出来，孙雅楠脸上的笑容就更加冰冷了。虽然并未亲密无间，但她早已习惯他的不离不弃，如今这个对她不离不弃的人居然也要把她推开。看见乔秋华的眼角还在颤动，孙雅楠明白若再不答应，他的眼角会一直颤动下去，于是一口应允下来："那好吧。"

　　孙雅楠看见乔秋华的脸上露出欣喜的表情，可是没有听见他的心重重跌落的声音。他笑着说："谢谢你。"他其实想说的是"我替祖国谢谢你"。孙雅楠却扬起手，一巴掌打在他的脸上，然后头也不回走进夜色，就连眼泪也滴落得悄无声息。乔秋华抚摸着微微发烫的面部，脸上不见丝毫波澜，眼泪却在心里流成长河。

　　出发时，孙雅楠看见乔秋华站在门外，她心里有惊喜，这个男人终于不再站在远处。乔秋华说："要不我随你去吧。"孙雅楠却坚决地说："不用。"她并非真心要拒绝，只是不希望多一个人涉险罢了。

　　当孙雅楠从身边走过去时，乔秋华像个留恋母亲的孩子那样喊了一句："你早点回来！"孙雅楠的脚步丝毫未停，乔秋华觉得她不为所动，他没看见孙雅楠满脸欣慰的笑容。在脚步声里，孙雅楠觉得有个人牵挂着自己也是一种幸福。

　　然而当木村信哉的脸出现在眼前时，她心里对乔秋华刚刚萌发的感情便戛然而止。面前是温馨的灯光、美味的饭菜、安静的小屋，以及属于他们二人的夜晚。摆在桌上的依然是红牌威士忌，他的最爱，里面也装着她的回忆。孙雅楠迅速退进回忆中，脑海中闪过的那些往事如此亲切，以至于她几乎忘记了自己的任务。

　　孙雅楠在对面坐下来，他们开始了一场饭局，也开始了一次对话。从前，她始终对他坦诚相待。眼下她说的每句话都是谎言。她第一次骗了他！其实孙雅楠并不擅长说谎，所以每句谎话出口，她的嘴角无不在颤抖。向来眼尖的木村信哉将这个细节瞧得清清楚楚，却装作视而不见。

木村信哉还是愿意相信她，加上迷乱的酒意，大本营针对浙江金兰地区的作战计划从他嘴里一字不少地漏了出来。孙雅楠悄悄打开藏在袖子里的微型录音机，将每个字收入其中。

或许是喝多了，木村信哉的话头停不下来。孙雅楠起身在屋里踱步，走到窗边时她下意识往外头看了一眼，却什么人也没看见。她不知道，乔秋华依然站在楼下的冷风里，只不过他的身影藏在电线杆后头，被一团阴影给挡住了。

乔秋华的腰里挎着两支手枪，身上还绑了五颗九七式步兵手雷。一旦孙雅楠遇险，他就强攻进入，能否完成计划不重要，自己能否全身而退也不重要，只要她能够脱险。乔秋华就这样一直站着，仰望小楼的灯火，最后连步兵手雷都被变得温热。为了她，他从来是心甘情愿，亦是无怨无悔。

说完，木村信哉将喝得通红的脸对着孙雅楠，加了一句话："这可是最高机密，要是泄露出去，我哪怕有十条命也死定了。"

孙雅楠暗自得意，没想到自己还能探到这么大一个机密。她若无其事地喝了一口酒，手却在拿起酒杯时颤抖了一下。

实际上木村信哉根本没喝醉，可他还是说漏了嘴。惊愕之余，木村信哉觉得自己或许是故意将情报透露给孙雅楠，他足够信任她，况且他道明了自己的性命与之相关，他相信孙雅楠不愿牺牲自己的性命，尽管他们来自完全对立的两个阵营。否则的话，自己在那个夜晚就已丧命。

孙雅楠套到情报后陪木村信哉又喝了很多酒，直至木村信哉真的醉倒。她此行的任务除了获取情报，还要除掉木村信哉。出发前，她将毒药扔进了垃圾桶里。孙雅楠心里悲凉得想哭，那个人是国家的敌人，所以肯定也是自己的敌人。结果自己竟如此心慈手软。

乔秋华总算看见孙雅楠走出来。内心的激动让他要冲上前，但双脚却一动不动。他明白，此时自己只能看着孙雅楠走过去。他依然蜷缩在阴影里，冰冷的身体深处燃烧着一团胜利的火焰。对他来说，无论任务完不完成，孙雅楠能全身而退就是胜利。

孙雅楠站在兰江边，她很想把手中的微型录音机扔进江里，就像小时候往池塘里丢石子那样容易。可是手臂僵住似的半天举不起来。她当然明白，有些东西比那个人重要得多。

兰溪城郊的中国军队得到了一项重要情报：日本被称为"急先锋"的第五师团师团长藤井横三中将近日将路过兰江东岸，指挥第五师团对衢州地区展开进攻。

中国军队当即派出工兵排前往藤井横三将要经过的路段埋设地雷，乔秋华也参加了此次行动。负责指挥的工兵排长让乔秋华感到眼熟，想了好久才认出对方曾经是上海沦陷后坚守四行仓库那八百名壮士中的一员，名字叫"章义伟"，来自兰溪下章村。埋好地雷，乔秋华往远处看了一眼，他似乎看见趾高气扬的日军正往这边行进而来，而自己和战友将亲手为这群闯进他们家乡的豺狼敲响丧钟。

当木村信哉清醒过来时，他已经无法阻止一场行动的展开，也无法阻止一声爆炸响起。他跌跌撞撞地来到孙雅楠的住处，发现门开着，她似乎知道自己要来。木村信哉刚闯进去就看见孙雅楠坐在桌前喝酒，她想必已经喝了不少，脸上红了一大片。放在桌上的还是一瓶红牌威士忌，里面的酒只剩一半。

孙雅楠将杯里最后一点酒喝完，冲他笑笑说："这是我从上海带来的最后一瓶了。这一半留给你，喝完了，你是你，我是我。"

木村信哉的眼睛变得通红。他冲过去打掉孙雅楠手里的酒杯，一把抓住她的脖子将她摁在桌上，另一只手捡起玻璃碎片。乔秋华就在这时候开枪，一颗子弹呐喊着冲进屋内打碎了木村信哉手里的凶器。木村信哉的动作停在了那里，被他摁在身下的孙雅楠笑了，他只看见孙雅楠笑容里的鄙夷，却没有看出同时存在的凄然。孙雅楠明白，从此他们俩的关系只剩下了敌我，不是你死就是我活。

孙雅楠说："我不止一个人，我身边还有很多人。请你记住，也请你的国家记住。"

走到楼下，木村信哉看见乔秋华拿着枪站在夜风里，枪口潇洒地吐出一缕白烟。乔秋华也对他笑了，木村信哉清晰地看见胜利的笑容。在这一刻他觉得，胜利恐怕永远都不会属于他的国家。

当藤井横三中将被击毙的消息在中日两国军队里传开时，木村信哉走进卧室关上门，他脱掉衣服在身上写了个大大的"耻"字，而后拔出战刀用力扎穿了胸膛，鲜血在地面绽放出一朵硕大的鸡冠花。生命最后的几秒钟里，木村信哉又看见了上海那幢民居里，孙雅楠披着围裙全神贯注炒菜的情景。满屋的烟火气和温馨的灯光让他几乎忘记了肩负的任务。木村信哉觉得自己正在回到那段安宁的时光里，他欣慰地笑了，然后笑容永久定格。

得知木村信哉自杀的消息时，孙雅楠说的是"太好了"三个字。可是她的面部没有半点喜色，眼泪流满了脸颊。孙雅楠的泪水让乔秋华更加觉得，有些人，并不是说放下就放下的，就像自己心里那朵红玫瑰的光芒从未黯淡。

乔秋华意识到眼前这个人需要痛痛快快哭一场，而自己会阻碍她的泪水倾泻出来，于是将手帕放在桌上，转身离去。

— 第二十四章 —
月光下的守护者

　　木村信哉已经自戕，但是乔秋华与他之间的较量并没有结束。当初木村信哉踏上八婺大地除了为后面的浙赣战役搜集情报，还负有一项使命。金华是历史文化名城，城中古迹多如牛毛，各类藏宝的传说也是满天飞。

　　中日战争开始前，日方曾派出大量特工进入中国各个历史名城搜寻藏宝信息。日本人很清楚，与中国的战争必然是一场短时间内无法结束的较量，因此需要大量军费作为支撑。思考再三，他们竟打起了用文物换取军费的主意。

　　就在不久前，季凌峰得到消息，木村信哉率领的特工组从金华城区的万佛塔下面盗取了部分文物，正打算在金华、兰溪两地沦陷后运回日方大本营。国宝自然不能落入敌手，季凌峰联系上中共金萧支队，两拨人马组成联盟。此前，季凌峰心里是抗拒与中共合作的，但是受到那位下属的影响，时间久了思想也慢慢转变。毕竟国家和民族的利益高于一切，这是每位国人都应有的共识。

　　因为兰溪已经沦陷，无法调动军队来围剿日本特工，两支武装只能以暗中抢夺的方式开展工作。无论是季凌峰还是乔秋华都先想到了游埠镇上的恩泽堂，那里原先也是日本特工的据点，盗来的文物是否会藏在那里呢，此种可能性是非常大的。

一个晚上，季凌峰带着人来到游埠镇，恩泽堂已经成为一片废墟。季凌峰指挥手下人将已是废墟的恩泽堂又翻了一遍，结果什么都没找到。手下人又对恩泽堂的地砖做了渗水试验，一番忙活下来得出结论，这里不存在地下空间。由此可见文物并没有藏在此处。

季凌峰想了想，一个新地点又在脑海里跳出来，说道："会不会在他的住处？"

乔秋华认同他的猜测，但极度不愿再去那里搜查。木村信哉死后，孙雅楠时常还会去他的住处，擦掉桌上的灰尘，把房间里打扫一番，就像主人从未离开一样。有时候乔秋华会陪她一起，痴情的女子总是不可理喻的，但至真至诚的情感哪怕并不体面也应当多多包容。他心里是这么觉得，无论对错。

眼下他们要去那里搜查，乔秋华生怕一番翻箱倒柜后，她记忆中的模样就被破坏了，她一定会伤心难过。自己应当替她守住最后的记忆。于是乔秋华撒了个谎。

"那里我早就搜过了，什么都没有。"

季凌峰看了他一眼，陷入沉思中。所幸当下是夜晚，如果在白天，乔秋华脸上撒谎的神情一定逃不过季凌峰的眼睛。

可事实上，那批文物的的确确就藏在木村信哉的住处。木村自杀后，川口实验组成员来到那里取走了文物，并策划运回大本营的事情。一批国宝眼看就要落入敌人手中，如此，乔秋华将沦为千古罪人。

所幸川口实验组的运宝计划被金萧支队获知，经过研究讨论，金萧支队决定采用在路上伏击的方式夺回国宝。因为是秘密任务，川口实验组没有与金兰地区的日本占领军联系，而且为了确保万无一失，川口实验组采取昼伏夜行的运送方式。这也给了金萧支队突破口。

金萧支队的伏击地点定在衢江、金华江、兰江三条水系的交汇处，这里地势低洼且道路纵横，非常适合打伏击以及事后撤离。夜色里，战士们屏气凝神，等待敌人进入伏击圈。

乔秋华也参加了行动，手里的武器是那支莫辛纳甘步枪，那名叫章义伟的战士伏在他身旁。出于对文物的保护，此次行动只携带了轻武器，连手榴弹也不能用。但是章义伟身上挂满手榴弹，他的任务是掩护战友撤退。

几个黑影突然进入视线，确认无疑后，季凌峰手一挥，乔秋华率先开了枪，走在最前面的日本特工一头栽倒。剩余日本特工被突如其来的袭击弄得措手不及，但他们到底训练有素，很快就锁定了枪声来源，依托周围地形开展反击。金萧支队的战士人数远多于日本特工，但是战斗进行了好长一会儿依旧没有将日本特工全部消灭。战士们都清楚，此次行动必须速战速决，晚了日本占领军会闻讯赶来。

章义伟一把抓住手榴弹准备拉线，乔秋华制止了他，说："文物还在他们手里。"然后又一枪将一名日本特工击倒。

日本特工终于全部被消灭，战士们冲下去从敌人尸体上取回文物正要撤离时，远处一阵枪声传来，是日军巡逻队闻讯赶来了。战士们带着文物肯定跑不快，季凌峰看了一眼漆黑的江面，命令道："所有人都听着，把文物扔到江里去。"

战士们纷纷把手里的文物丢入江中，如此一来虽然没能把文物带回去，但也保证它们仍在国土上，让后世的人去发现它们。

敌人越来越近了，战士们开枪向敌人射击，章义伟拎着手榴弹对战友们说道："大家先走，我来掩护！"

季凌峰冲其他人喊道："走！"

跑出很远后，乔秋华回身看了一眼，只见章义伟抱起最后的手榴弹冲向敌人，然后在一声爆炸声里与敌人同归于尽。乔秋华心里忽然充满了愧疚。

这场在暗夜里的战斗或许鲜为人知，或许不会被历史记住，但其意义以及为此付出生命的人依旧值得铭记。其实在那个年代里，很多人的名字都不会被记住，但是即便清楚这一点，他们身体的热血丝毫没有半点冷却，在需要冲锋陷阵乃至于抛头颅洒热血的时刻，不曾有过半点退缩。

季凌峰即将回到上海，乔秋华在码头送行，两人握手道别。季凌峰说道："当真不跟我回去吗？你离队太久了，这里没有我们的组织，以后对你的身份甄别会有麻烦的。"

乔秋华摇摇头，说："这里是我的家乡，还有需要守护的人。"

季凌峰说道："那她知道你为她做的一切吗？"

"不重要。"

季凌峰叹了口气："那你保重。"

船渐渐离岸，乔秋华冲江心的人挥挥手，然后转身走上城楼。

新中国成立后，金华市政府对遭到战争破坏的万佛塔进行了修复，工程开始没多久，工人们在塔的地基底部发现了一个深坑，于是立刻通知了考古队。随着挖掘工作的展开，坑内发现了大量的文物，据统计总共有 183 件文物，其中大部分都是金佛造像、铜镜、石刻等。大部分的文物珍藏在金华的博物馆，其余的保存在了浙江省博物馆。其中最精美的文物，名叫"水月观音"，保存于国家博物馆，多次对外展览，成为金华市民的骄傲。

经过鉴定，这些文物中大部分是唐宋时期的，其中还有大量罕见的稀世珍宝，不乏国宝级文物。据考古专家回忆，在挖掘过程中，发现了地宫有过被盗的痕迹，文物摆放错乱不堪，地宫内的佛像曾遭到了不同程度的损坏。因此考古专家断定，地宫内的文物远不止挖出了这些，仍然至少有几十件文物被盗，其中最可疑的盗墓贼就是日本士兵，毕竟他们曾经占领过金华市。至于被盗走的文物以及数量，人们只能去猜测。

季凌峰没有告诉乔秋华，那晚他将一件小型文物藏在了身上。在他的观念里，战争和发财是两件并行不悖的事情，日本人要打击，但是发财也不能落下。他向来是个精致的利己主义者。可惜的是船没到上海就被日本炮艇击沉了，季凌峰带着他心爱的宝贝永远沉睡在了江底。

乔秋华知道此事后只说了三个字："真可惜。"

他指的是那件文物。其实那晚季凌峰偷偷把文物藏到身上已经被他看到，却没有点破，他笃信不义之财放入口袋肯定没好结果，眼下就印证了他的话。他没有说出来的话是：这是命吧。

— 第二十五章 —

掷地有声

孙雅楠生了一场病，如今唯一能陪伴她的只有乔秋华，所以乔秋华一步都没离开。出院那天，乔秋华带她去兰江边新开的咖啡店坐了一下午。据说老板是从上海那边来的。乔秋华兴高采烈地向她介绍兰溪与上海种种相似之处，其实很多话连他自己都觉得是牵强附会。不过孙雅楠始终耐心听着，让他得以滔滔不绝地讲下去。乔秋华希望她心里关于木村信哉的记忆都已随病痛消除。他并非自私，而是明白那些记忆若是继续埋在她的心底，就像隐藏的病菌，迟早会让她旧病复发。

乔秋华滔滔不绝的话总算停住时，咖啡刚好端上来。这家咖啡店很小，也只能做蓝山这一种口味的咖啡，寒酸得根本不能与十里洋场的咖啡店相比。乔秋华将咖啡杯推过去，他希望孙雅楠能喝到上海的味道，却不知晓这种口味正是孙雅楠唯一讨厌的，她甚至不能闻这种咖啡的味道。可她知道这个男人是一片真心，所以她还是端起咖啡杯喝了一口，并努力挤出一个满意的微笑。

接过咖啡杯的时候，乔秋华看见她左手无名指上那一圈痕迹，

在他视线里尤其醒目，简直是刺眼。孙雅楠下意识摸了摸那里，仿佛自言自语地说："这是他送我的唯一礼物。"仿佛礼物还戴在手上。

乔秋华明知故问道："是什么样的礼物？"

"是一枚红宝石戒指，先施公司在 1937 年推出的限量版，刚推出不久就卖完了。当时他也是费了很大周折才买到。"

最后一句话马上让乔秋华难过起来，那代表着一个男人对一个女人的用心良苦，而也正因为用心良苦，女人此后对男人念念不忘。

乔秋华追问道："那现在呢？为什么不见了。"

孙雅楠依然笑着说："逃难的路上被偷走了，不过也不要紧。"

乔秋华想到了什么，问道："当时你宁可饿肚子，也不愿把它卖了换钱吧？"

孙雅楠的头低下去，过了一会儿才说："早知道会被偷走，还不如卖了，也省得饿肚子。"

乔秋华明白，心爱之人所赠之物，哪怕拿刀架在脖子上也不愿轻易舍弃。乔秋华看见她的目光里，以及她的嘴角边无不写着难过。想来至为重要的东西丢失了，怎么可能不难过呢？于是乔秋华认真地对她讲："我一定会给你买只一模一样的。"

孙雅楠依然笑着说："这个地方肯定买不到的，谢谢你的好意。"这话让她自己都感到一阵惆怅。

乔秋华坚定地说："我一定不会骗你！"

孙雅楠在这个男人的眼光里看到一种坚定，他的目光始终笔直向前，这样的人大抵是心无旁骛的。或许这种男人才值得将一生托付。可是自己心里还有位置给他吗？

之后的一天，孙雅楠来到木村信哉的住处，她是来取木村信哉的一件遗物，承载了他俩共同记忆的遗物。结果刚进门时就看见那件遗物正在乔秋华手里。

屋里一片狼藉，显然是被翻找了一通。但这并非乔秋华所为，而是此前寻找文物的日本特工。

孙雅楠指着凌乱的四周问道："这是你干的？"

乔秋华说："是我干的。"若是告诉她是日本特工所为，只怕她心里更加难受，所以乔秋华干脆把罪责揽到自己身上。

孙雅楠气从心生，命令道："把它放下！"

乔秋华却不为所动。孙雅楠很意外。她听见对方说："我也在找它，我必须找到它。"她不知道，这也是乔秋华最后的希望。

孙雅楠说："你能不能把它给我，它对我很重要。"她的语气近乎哀求。这是她第一次哀求他。

可是乔秋华依然不为所动。他说："对不起。"然后将手上的东西用力摔碎。

声音在空旷的屋子里显得格外响亮。孙雅楠觉得这声音同时也撞在自己心上，将里面有关木村信哉的记忆都撞得粉碎。乔秋华被碎片中央出现的东西吸引，丝毫没看见孙雅楠流着泪离开。他的眼睛亮了，这是自己丢失许久的东西，围绕这个东西还发生了一连串的故事，就像历经一场漫长的电影。

那份失窃的情报终于回到了手中！尽管它当年就已失效，乔秋华仍然坚持不懈地寻找了数年，如今总算得偿所愿，心头的愧疚也随之烟消云散。一切都因它而起，若是没有它，自己也不会与她相遇。这是命运设定的环环紧扣。乔秋华将情报打开，内容让他大吃一惊。那根本不是什么绝密计划，而是一首词。笔迹铿锵有力，字字念起来掷地有声。词名：山河破。

乔秋华明白了，当年自己携带的重要情报竟是一首唤起军人保家卫国的誓词。山河已破，吾辈唯有不畏艰险，置之死地而后生，方能挽救民族，捍卫尊严，争取独立与自由。面对侵略者，众志成城比绝密情报更加重要。抗敌誓词落入敌手，无论多久，自己都要将其夺回。他更加明白，只要胜利没有到来，自己就没有到荣归故里的时刻。

战争消息又一次闯进平静的生活。随着在太平洋战场的节节败退，不甘心失败的日军大本营做了垂死挣扎，提出打通中国大陆南北交通线的战略构想。"一号作战"计划开始，日军集中 50 万兵力从河南一路打到广西，中方称之为"豫湘桂战役"。衢州，这个江南地区历史文化名城，作为中美空军基地的重要地位，再次被推到了战争的风口浪尖。

乔秋华报名参加战斗，战事已经越来越紧急，以至于他还没来得及给孙雅楠买到红宝石戒指就要跟随部队开赴前线，但他一直将这件事放在心上。分别的前夜，孙雅楠问乔秋华愿不愿意娶自己。念念不忘的人终于说出了那句自己梦寐以求的话，在这一瞬间，乔秋华觉得千山万水的距离终于归零，自己历经漫长的泅渡抵达彼岸，就连身后残酷的岁月也变得温柔。在一片暖光里，乔秋华的眼泪流了下来。

孙雅楠脸上充满期待，对她而言，说出这句话也是跨越了遥远的距离。如今终于能说出口，内心得到了释放。

结果她看见眼前这个人分明摇了摇头，然后说道："有个女人为了我不惜牺牲掉了自己的生命，你说我还能忘掉她吗？"孙雅楠脸上的期待顿时消失了，正在扩展的笑意也僵在了那里。

他还说："一生太短了，用来爱一个人刚刚好。如果心里还有别的人，那就等待来生吧。我一直都相信还有来生的！"其实他是从这一刻才相信有来生，更准确地说，是无限地憧憬。

孙雅楠听见心重重跌落的声音，她还是笑着说："那好吧。"转身离去。刚走进夜色中，她的眼泪就流了下来。这个男人陪伴了她这么久，她却连一个哪怕礼节性的拥抱都没给过他，不知道这算不算一种亏欠？

乔秋华在火车站上车时，没有在送行的人群里看到孙雅楠，于是他带着失望离开。其实孙雅楠来了，只是送行的人太多，她被挡在外面，即便用尽全力也挤不进去。孙雅楠只好举起手用力挥舞着。她还想告诉乔秋华一件事：从刚认识起，她就没有过将他拒之门外的念头。后面她甚至希望乔秋华主动上楼敲响她的门。为此她等待了很久。奈何世间的女子大多都如静水那样含而不露，若是再遇到一个同样含蓄的男人，世间就多了遗憾和悔恨。

当人群终于散去，孙雅楠只看见空荡荡的铁轨。列车早已远去，他已奔赴远方。远方是战场，是死神吞噬生命的地方。他是否还能归来？孙雅楠明白，往后在茫茫天地间，唯一维系他们的只有牵挂。

列车在辽阔山岭间前行，乔秋华站在车窗前，这个城市的每棵树、每座房子都在视线里向后退去，忽然他看见许多孙雅楠在朝他招手，便欣慰地笑了出来。他想起与她认识这么多年了，自己还没对她正式告白过，算不算是一种亏欠呢？可是自己已经陪伴了她这么久，想必她早已明白自己的心。陪伴本身便是最诚挚，也是最长情的告白，无须多言。

乔秋华又看见了从前的那些情景，夜色中的小楼、窗口温馨的灯光、陪伴他站在冷风里的路灯，那段与她一同度过的日子是如此令自己迷恋。他明白过来，无论是大上海的五光十色，还是小城兰溪的安宁娴静，都属于祖国。要想守护住它，唯一的办法就是打跑侵略者。这何尝不是对她的守护？

牺牲一个人，也是让更多人能够过上平静的日子，让更多相爱的人不至于分离。于是乔秋华坚定地笑了，升起了一种壮志，笑出了一股豪情。为了她，为了家乡，为了祖国，他要做一个无惧牺牲的战士。

— 第二十六章 —

白月光

　　1944 年 6 月 10 日，日军第 13 军驻杭州第 70 师团主力 2 万余人从金华向西沿铁路进犯衢州，龙衢战役打响。这是继 1942 年浙赣战役后，衢州地区爆发的又一次大规模会战。

　　中国军队决定采用诱敌深入的口袋战术：用部分兵力死守衢州城，把敌人主力吸引住，然后调动大军合围，将日军一举歼灭。这是一条绝妙的计策，不过作为诱饵，必然要面对万分凶险的局面。在衢州的门户龙游地区，日军遭遇了顽强的抵抗，之后突破防线直逼衢州城下。这座古老的文化名城再一次处在了危急时刻。

　　六月，江南地区已进入一年中的盛夏，然而酷热的天气迟迟没有到来，反倒是凉薄的风四处奔走，让人不由得怀疑秋天提前到来了。

　　在萧萧冷风中，乔秋华想起多年前的那场南京保卫战，自己抱着冰冷的枪缩在紫金山的战壕里瑟瑟发抖，面对数倍于己的敌军依旧不退后半步。当时自己身边的战友大多已不在人世，就算还有像自己这般侥幸存活的，时过境迁大多也已不记得对方的容貌。在战火纷飞的年代里，一切都发生得匆匆忙忙，包括那个身影，也是这匆忙人世里自己唯一的心之所念。

暮色低垂，一天将尽，激烈的攻城战终于停止下来。疯狂的日军终于放弃了进攻，守城的将士们也已筋疲力尽。炊事员送来晚饭，乔秋华坐在地上嚼着干涩的荞麦馒头，与战友们一起享受宝贵的片刻安宁。日军已经封锁对外道路，城内的给养供应渐渐紧张起来，即便条件艰苦，老百姓们在中共浙西特委的动员下，自发将储存的粮食送给守城将士，以绵薄之力汇聚起抗击外敌的坚固防线。

吃完晚饭，乔秋华端着枪走上水亭门城楼检查敌情。攻城日军已经退回衢江对岸，可以看见江对岸日军营地里星星点点的灯火，隐约有歌声随着江风一起飘过来，好似唱的是思乡的歌曲。

乔秋华抬起头，唯见九天之上寒月孤悬，光芒落下来冷却了江水，落进枯草里凝结起严霜，接着又落在满怀心事的人头上，化作满目银丝。秋天好似更深了。本该炎热似火的大地居然一片冰冷肃杀。乔秋华想起古代那些戍边的将士，在远离故乡的不毛之地坚守国土，明天和意外不知道哪一个会先到来，心心念念的故乡今生不知是否还有机会回去。

每当夜晚降临，他们一定也是像自己现在这样，呆呆望着孤月冷星，直到耳畔忽然响起笛声，缥缈似近似远，动听浑如天籁，错以为是来自故乡的呼唤，坚毅的双眼也流下了泪水。白色月光里，粗糙的汉子生出了细腻的感情。

乔秋华伸手进怀里，顿时触碰到一片温热的记忆。那是多年前在前往异国的客轮上，一位年轻水手送给他的一只十孔布鲁斯口琴，后来水手像海燕那样冲进大海深处，唯有琴声在耳畔缭绕不散。清冷夜风中，布鲁斯口琴在手中散发着温润暖意。好久没有吹过它了，不知道人和琴是否还有默契？原本打算到胜利那天再吹它的。此时，乔秋华再次吹起口琴，琴声依稀如当年。远处，一只夜鸟吹着欢快的口哨飞过江面。疲倦的守城将士在琴声里酣然入梦，今夜的梦轻盈而柔软，像婴儿时母亲的襁褓，成人后爱侣的怀抱，岁月安静美好。

江的对岸，日本兵营里的歌声停止了，所有人都听见一阵琴声从遥远的地方飘来，轻轻从心上划过，优美得令人伤感。狂热又虚假的战争舞曲悻悻退场，连心肠坚硬的魔鬼都流下了热泪。他们不知道，这忧伤的琴声里实则蕴藏着抵抗外敌的强大力量。

第二天，有名老兵拎着一袋热气腾腾的点心来找乔秋华。老兵一口的川片子，自从1937年离开家乡，历经淞沪会战、台儿庄战役等大小战役，身经百战而未死，唯独再没有回从小长大的家乡看看。老兵将点心送给乔秋华，央求他替自己办一件事。点心是邵永丰的黑芝麻饼，也是衢州有名的特色小吃。

邵永丰成正食品厂是衢州的百年老字号，前身是邵永丰面饼店，创建于清朝，以生产衢州传统糕点而闻名，其中最具代表性的就是衢州麻饼，旧称胡麻饼。胡麻饼的历史要追溯到唐朝，由商人"样学京都"而传入衢州，于清代最为鼎盛。当年白居易寓居衢州时曾作诗称赞胡麻饼："胡麻饼样学京都，面脆油香新出炉。寄与饥馋杨大使，尝得看似辅兴无。"在1929年南京博览会上，邵永丰麻饼的身影活跃其中，并荣获"名品佳点"称号。

乔秋华打开包装纸，热气和香味立刻就飘了出去，分散四处的战友们统统围过来，几天的粗粮已经吃得嘴巴无味，此时看见黑芝麻饼就像看到了救星。战士们都是些年轻的小伙，还没有褪去羞涩，只是看着黑芝麻饼咽口水，谁也没好意思开口讨要。乔秋华笑了笑，将黑芝麻饼分给大家。

老兵说，他想给家里写一封信，但自己识不了几个字，连一句完整的句子都写不出来，因此想请乔秋华帮忙代笔。他耍了个小心眼，先请乔秋华吃点心，然后才说出要他帮什么忙。听老兵说完，乔秋华微笑着答应下来。其实大可不必如此，就算不送点心，他也不会拒绝。烽火岁月里，谁都清楚一封家书的分量。

老兵又掏出一根烟递给乔秋华，先是说出个地址，正要把想对家人说的话说出来，炮声不合时宜地响起，安静的阵地被炸得尘土飞扬。老兵带着已经涌到嘴边的话迅速回到战斗位置，等乔秋华再次看见老兵的身影，对方已经跑出去很远。他猛然想起刚才都没问老兵的名字。

又是一场惨烈的战斗，枪炮声从清晨持续到傍晚。战斗结束后，老兵躺在了战地医院的太平间里，刚才拎着黑芝麻饼并给乔秋华递烟的那只手被炸得无影无踪。但他还算幸运的，许多战士别说尸体，就连尸块都没能找回来。战斗开始不久，城门被炸开，日军坦克趾高气扬地冲了进来，偏偏守军的反坦克炮卡了壳。老兵和十几名年轻战士抱起成捆的手榴弹叫喊着冲向坦克，最后坦克变成一团熊熊燃烧的钢铁，老兵和十几名战士也没能活着回来。

对此，乔秋华已没时间伤感。开战后，这样的事情几乎每天都在上演，身边熟悉的面孔在一天天减少，不知道哪天轮到自己。没有什么恐惧，只是想着既然还活着就应完成自己的职责，这是当时每位守城将士的想法，简单又坚定。

安葬完阵亡士兵，乔秋华想起老兵的遗愿，虽然他没来得及把对家人的话说出来，委托不算生效，但自己依旧要进行下去。当冷月高悬，乔秋华坐在寂静月光里认真写着一封家书，笔尖划过信纸发出低微的沙沙声，犹如游子孤独的歌唱。之后，乔秋华找来一只信封将家书放进去，并将封口仔细封好。总算完成了老兵的心愿，乔秋华仿佛在天上看到老兵欣慰的脸。他没有把老兵阵亡的消息写进内容里，觉得应当在胜利的那天再告知远方的亲人，如此，悲伤也会少去很多。

到后面，乔秋华成为军队里的临时文书，越来越多的战友来找他代写家书，有的人像老兵那样会拎一盒黑芝麻饼来，有的战士手头不宽裕，只能买一包廉价烟来，乔秋华满足了每个人的心愿，却没有收任何一个人的礼物。家书已经叠起厚厚一摞，眼下衢州城已经被日军重重包围，对外的邮路中断，这些家书只能等打退日军，邮路恢复后再寄出。眼下也只有城外衢江的江水还在向天际流去，可惜江水从来都不理会身旁的人们，就连激烈的战事也与己无关，径直汇入历史的洪流。乔秋华想起多年前刚去重庆时，想要给牵挂的人寄一封信，却被告知邮路已经中断，只能望着泠泠江水无奈叹息。那份无助也如江水般滔滔不绝。

这天，几架日本战机飞临衢州城上空。城墙上的高射机枪朝日本战机劈头盖脸地扫射过去，可依旧没能阻止成串炸弹从天空中掉下，城内霎时间变作一片火海。阵地上，守城官兵们慌忙寻找掩体躲避，乔秋华将伤员背进防空洞，猛然想起还有重要的东西落在阵地上，于是不顾到处开花的炸弹又跑了出去。战友们目瞪口呆地看着乔秋华的身影重新冲进火海中，都以为他有什么贵重东西落下了。

乔秋华去抢救的正是那摞家书，空袭来临时谁也没有想到它们，就连他自己都差点忘记。家书虽然拿在手上很轻，但在他心里俨然重达万斤。阵地上已经到处是炸弹爆炸后燃起的火焰，所幸那摞家书安然无恙，但是火焰已经离它们不远，如果不及时抢救，迟早也是葬身火海。乔秋华义无反顾地冲过去将家书抱在胸口。天空中传来呼啸声，只见一架日本战机朝这边俯冲而来。那一瞬间，防空洞里所有人的心都揪起来。

战机驾驶舱里，飞行员趾高气扬地俯视着地面那个站着的人，在他眼中，那不是一个人，而是一个活体的枪靶子。他的手放在发射按钮上，有意等靠近些再开火，血肉横飞的场面更加让人热血沸腾。

近了，更近了。飞行员看清了乔秋华抱在胸口的一大摞纸片，乔秋华也看清了飞行员得意的神情。就在机枪响起的前一秒，乔秋华朝侧面一个翻滚躲开子弹，同时抄起地上一支卡宾枪对着战机开火。他不知道飞行员的脑袋已经被侧面飞来的子弹打得稀烂，只见战机突然栽下来，在城墙上撞得粉碎。其余战机看见同伴突然坠落，以为中国军队使用了什么秘密武器，赶紧掉头逃离。

乔秋华抱着那摞家书冲进防空洞时，所有人都松了口气。长官虽然满心欢喜，但口头上还是责怪他不要命了。乔秋华拍了拍完好的家书，笑着告诉长官，这里是很多人的命。与之相比，自己的命算不了什么。长官并不知道这是乔秋华的肺腑之言，很多曾请他代写家书的战友如今已成为墓碑上的名字了，有的甚至连名字都没留下，只留给他一个模糊的身影。自己无法挽回战友的生命，但必须守护住他们唯一的心愿。

趁着战事停歇，乔秋华向长官请了短假。长官以为他要出去寻欢放松，便笑眯眯地一口应允。大街上，乔秋华在一抹绿色前停下脚步。这里是城内唯一的邮局，如今已大门紧闭。自从邮路被切断，邮差们纷纷另寻活计，有不少人报名参了军，并在守城战斗中献出了生命。

乔秋华敲了半天门，始终没有回应，他失望地退回原处。就在这时，另一抹绿色在视线里闪烁起来，只见一只翠绿色的邮筒站立在前方，犹如春日里一棵苗壮成长的树苗，让人一眼就能感受到强烈的希望。乔秋华明白了，只要邮筒没有倒下，家书一定能够送到天南地北的亲人手里。他兴冲冲地将家书塞进邮筒，然后离去。

日子一天天过去，战斗也在一场场继续下去。日军屡败屡战，守军也在死战不退，看起来是一场势均力敌的拉锯战，实际上守城将士的处境正日益恶化。经过多场恶战消耗，城内战斗力已经严重不足，城外的日军正在增兵，然而战区司令部承诺的援军连影子都没出现，但是这并未影响每位守城战士的战斗热情。

在艰苦的日子里，中共浙西特委组织文艺工作者来到阵地慰问将士们。看见组织，乔秋华分外激动，但他也坚守住了纪律。慰问团里面有个年轻人给大家朗诵了一首诗，诗的最后一句让全场人分外动容：

"为什么我的眼里常含泪水？因为我对这土地爱得深沉。"

大家都觉得，这是自己坚定战斗的最好理由，以至于从年轻人口中念出来时，所有人都站了起来。就连没读过书的战士也明白了诗句的含义。这份爱既朴素，又至真至诚。

乔秋华后来得知这首诗的作者名叫蒋海澄，笔名叫艾青，浙江金华人，这么说来与自己也算是老乡。他向那位年轻人借了诗的手抄稿，与布鲁斯口琴一起珍藏在怀中。每当月光照亮大地，乔秋华总会站在城楼上，先是用口琴吹奏一段曲子，然后拿出手抄稿大声朗诵。即便长官一次次提醒他，此举的危险性，他也毫不在意。战士们在夜晚流下了热泪，到了白天就以更大的激情投身到对敌作战中。

有一次，乔秋华与那名年轻人聊起了文学。年轻人告诉他，文学就像优良的珍珠，无论是在泥潭还是在黑夜里都能发出耀眼的光芒。年轻人还说自己从小的梦想就是当一名作家，像鲁迅先生那样，用笔与反动势力斗争，为广大民众争取自由与尊严。因为纪律，乔秋华没有告诉他，自己也是共产党员，他坚信等到胜利那天，自己一定还会与他重逢，而且是在那个叫作延安的地方。

一天，长官将乔秋华叫到指挥部，交给他一项重要的使命。其实不用长官开口，乔秋华也已经猜到用意。城内可战斗的兵力已所剩无几，对外通信也已经全部中断，不能再坐以待毙，必须主动与战区司令部取得联系，把城内的战况告诉战区长官，并争取到援兵。

在此前，指挥部已经连续派出多名联络员秘密出城，但每个人一去都如泥牛入海，杳无音信。其实不用说也知道，面对城外日军铁桶般的包围，那些联络员的最终命运会是怎样。

长官将一个文件袋交给乔秋华，里面是一份战况报告和一份增兵请求。长官特别吩咐，出城后一旦遇险，就立即将文件袋烧掉。此外，长官还交给乔秋华一颗白蜡丸，告诉他出城后到了安全地带再拆开看，切不可提前拆开。

深夜的衢江异常静谧，水面上没有泛起波纹，只有草丛里的蛐蛐发出诡异的叫声，仿佛在青草下正进行一场惨烈的搏杀。乔秋华跳上一艘小木船，摇动船橹往江心划去。这着实是一招险棋。敌人的瞭望塔近在眼前，上面应该有一盏探照灯，灯旁还有一名端着机枪的日本士兵，一旦探照灯发现江面上有异常情况，机枪会立即开火。乔秋华感到冷汗正从额前沁出，落进嘴里味道咸咸的，也让他在暗夜中更加清醒。乔秋华不知道，之前那些联络员的尸体此时就挂在瞭望塔边的树上。

或许是上天终于打算帮守城将士一把，也可能是日军觉得中国守军没有胆量再派联络员出来，探照灯始终没有亮起。平静的江面忽然刮起大风，江风推搡着小木船加速向岸边驶去。船靠岸后，乔秋华迅速跳上岸，他回头看了一眼，只见天王塔模糊的身影站立在视线里，月亮就在天王塔上面一点点，站在塔顶仿佛就能走进月亮里头。

此时，乔秋华觉得那轮明月看起来就像神父慈祥的脸庞，他在胸前画了个十字，然后走进夜幕中。

探照灯没有亮起的客观事实是，日军哨兵在晚饭后偷偷喝了一瓶清酒，酒精上了头导致他靠在观察哨的角落里睡了过去。这一行径很快被发现，哨兵被巡夜的长官一把揪起，挨了一通暴风雨般的耳光。之后他带着发肿的脸颊回到岗位上，打开探照灯反复扫射江面。而此时江面上除了月光的碎影之外空无一物。哨兵还在不满地嘟囔着，不知道自己已经犯下了大错。

乔秋华看到白蜡丸里的内容时大吃一惊，上面写着：援兵已无望，你能走多远就走多远。继而打开文件袋，里面根本不是什么求援文件，而是一份旧报纸。震惊之余乔秋华明白过来，从战役一开始，战区长官就没打算给守城将士援兵，因为援兵一旦到了，日军大部队就不会往衢州这边集结，第三战区（浙江南部）也无法完成围歼日军主力的战略任务。所谓鱼饵，就是牺牲自己钓到更大猎物。他也很清楚，这是长官对自己的关照。以此种方式把自己支走，同时避免了当逃兵的嫌弃，这是长官的一片苦心。

乔秋华朝着来时的方向望去，衢州城已被夜色吞没，目之所及唯有白色的月光。这一刻，心里有个声音在喊：回去吧！在一座陌生的城市坚守了许久，已经与这座城融为一体，自己绝不可能独自离去。

一阵夜风吹过，乔秋华听见怀中又传出轻妙的声音。他拿出布鲁斯口琴，脑海里立即浮现起夜晚给战友们吹奏口琴的情景。琴声中，疲惫的战士睡着了，脸上满是惬意的神情。硝烟弥漫的战场上也有了温馨。那些情景，今生今世都不会忘记。这一走，怕是与战友们永远诀别了。乔秋华又吹起口琴，在送别的骊歌中，眼泪悄悄流了下来。

一曲吹毕，乔秋华收起口琴，将纸条撕得粉碎撒向空中。琴声还在夜风中回荡，乔秋华跳上小木船，再次向江心划去。瞭望塔上的哨兵忽然听见一阵琴声，再次轻轻睡去，于是探照灯又一次没有亮起。

清晨的阳光照在硝烟散去的战场上，长官前来给即将战斗的士兵们训话，看见乔秋华站在整齐的队列中，挺直的身板岿然不动。长官脸上并无诧异，只是露出个微笑，并朝他轻轻点了点头。

接下来，无论战斗多么激烈，只要有空隙，乔秋华依旧会给战友们代写家书。他也会给那个所念之人写，废寝忘食地写，写了一封接一封，仿佛对她有说不完的话。之后信件被放进邮筒中。城内的人们坚信胜利的日子很快就要到来。

乔秋华发现右手掌心生出了一粒红色的痣，就在掌心正中。民间将红色的痣称作"朱砂痣"，听说身体生出朱砂痣代表内心有着难以割舍的人，乔秋华立即想起分别的前夜，自己牵起孙雅楠的手放在心口。那个人，自己无论隔了多远的距离都不会忘记，仿佛睁开眼，她就活生生地站在面前，让他心跳不已。每当想到她，朱砂痣就在月光下幽幽地闪烁着，仿佛是心爱之人脸上浅浅的笑意，又好似一轮小小的月亮，光芒照不尽全世界，只照亮了他的心。每当望着这枚思念的印记，乔秋华总会露出欣慰的笑意。

另一个城市，夜色下的江边，有个年轻女子一直在那里游荡，有时会停下来痴痴望着江面，一看就是大半天，仿佛在等待一艘迟到许久的船。然而女子眼中从来都只有满目凄冷的白色月光，没有半点希望的微光。夜风中，女子喃喃说："你说你深爱着我，可为何离去时是义无反顾的呢？"在遥远的日本海岸，那个白色的身影依然站在海岸边，一动不动，双脚仿佛生了根似的。海的另一端有她坚定的期待。海风中似乎回荡着她的呼唤声："等你，等你……"

穹顶之上那轮明月已经映照人间千万年，平静得不曾泛起丝毫波澜，好似人间悲苦与它无关。可是它又一直悬在那里，让等待的人感到分外亲切。在硝烟弥漫的年代里，人是那么无奈，那么柔弱。

第二十七章

绽放在心口的玫瑰

乔秋华牺牲在保卫衢州的战斗中，一同牺牲的还有一千多名守城官兵。当衢州城被日军攻破时，所有不愿做俘虏的中国军人一同走向了波涛滚滚的衢江，成为历史长河中一缕缕忠魂。

战时通信颇为不易，孙雅楠得知乔秋华牺牲的消息都已是第二年春天。一名叫戚摩托的邮差敲响了孙雅楠家的门。如今，戚摩托这个名字终于名副其实：他真的开了一辆摩托车到处送信。戚摩托留给路人的是摩托车的轰鸣，以及那张得意无比的脸。骑在摩托车上的戚摩托觉得送信简直是世上最风光的职业。

戚摩托将一只小小的包裹交给孙雅楠并告诉她，这是一位叫乔秋华的先生寄给她的，当时因为战事突发而延迟了。说完他重新骑上心爱的摩托车呼啸而去。包裹里是一个盒子，打开时，一颗嵌着红宝石的戒指发出光芒，孙雅楠的眼泪也跟着掉下来。

孙雅楠以为自己再也没有机会戴上这枚红宝石戒指。衢州也有江，有江的地方就会有青帮据点。这枚红宝石戒指是乔秋华托青帮辗转从上海买来的，他们几乎能包办一切事情，费用当然也不会低。

当时青帮借口战事阻碍交通,收取了数倍费用。而听到说能够办成事,乔秋华没有半秒钟迟疑,如数将钱交到对方手里。对她,他总是可以舍弃一切的。哪怕有委屈,他也乐在其中。

此时孙雅楠将戒指贴在胸口,仿佛这样乔秋华就能听见她的心正在为他跳动。沾上泪水的红宝石发出红光。光芒里,孙雅楠看见乔秋华正缓缓向自己走来,同时听见他认真地说:"我一定不会骗你!"孙雅楠在泪光里伸出手,却无法触摸记忆。如今她只能自己戴上红宝石戒指。

解放战争期间,宋福林调任至浙东人民解放军金萧支队,来到革命战友浴血奋战过的土地上继续带领群众消灭反动力量,迎接最后的胜利到来。上任后不久他收到一笔巨款,汇款人是乔秋华。此外还有一张字条,上面写着:我还没交党费,干脆一次性交清。宋福林想起许久之前一个看似玩笑的承诺,他根本没想过会变成事实,他不知道的是,那个人向来都执着于信守承诺,简直到了锱铢必较的地步。抗战胜利后,国共两党的关系开始由合作转向对立,战争的硝烟味再次开始弥漫。宋福林明白隐蔽战线的斗争从来不会停止,未来的形势或许会更加严峻,这笔巨款来得太是时候。

秦淮河依旧无声地流淌,静静地将往事写进历史卷轴。宋福林故地重游,望着平静的水面,他脑海里浮现起南京保卫战前夕,自己与乔秋华在这里碰头的情景。夕阳收敛光芒下沉,天地间一片朦胧的金黄,宋福林看见乔秋华站在不远处,语气坚定地说道:"军人就应当保卫国家,寸土都不让。"平静的水面又泛起了波澜,犹如受到铿锵有力的叩击,宋福林感觉脸上热烘烘的,用手一摸发现自己已是泪流满面。

中国人民解放军取得了解放战争的最后胜利,反动派从大陆败逃,新中国成立后立即掀起了一股建设国家的热潮。和平年代的生活如静水流淌，对于普通人来说已很满足。孙雅楠成了往日深情花店的主人，大家都以为她是前任店主的妻子，面对误会她也是一笑置之。每到深秋，邻居们总会看见孙雅楠一个人站在金黄的银杏树下，很长时间都不说话，就连银杏叶落到头上也不为所动。

弹道面馆在深秋的一个雨夜之后永远关上了门，女店主不知所终，也没有继任者重新擎起招牌，好似一则故事终于讲到尽头。孙雅楠依然会来到店门前，呆呆地看着紧闭的大门，回忆那碗热气腾腾的酸菜牛肉面，以及那个陪伴自己的人。那个人一直在她面前，却从没替她擦过嘴角的酸菜叶，她有些好笑，又有些气恼。天底下这么规矩的人还真少见，如今再也见不到。想着想着，她的眼泪就流了下来……

孙雅楠把剩余的生命都用来做一件事情，在秋天收集银杏叶，用银杏叶扎玫瑰花束。她扎的金色玫瑰花在当地的名气越来越大，之后有人问她，孙雅楠向大家提起了一个人，并坦言说："从前，我是他最爱的人。现在，他是我最怀念的人。"虽然孙雅楠并没有过多透露他们之间的事情，但大家还是能体会到她对这抹金黄的深情。

时间到了 1995 年深秋，西风再度吹黄了银杏叶，天地间一片深情的金黄色，孙雅楠的生命在这年秋天悄然而终。最后几天里，她用好多个秋天收藏的银杏叶扎了一束巨大的金黄色玫瑰，然后一直抱在胸口，直到生命的烛光悄然熄灭。孙雅楠再次想起了那个人，她觉得他们虽没有正式确立关系，但已将对方深深记在了心里，如此也不会输给那些刻骨铭心的爱恋了吧。

2022 年 11 月 20 日 16 时 30 分一稿写作完成。

2022 年 12 月 5 日 18 时 30 分二稿修改完成。

2022 年 12 月 7 日 20 时 25 分三稿修改完成。

2023 年 5 月 27 日 21 时 21 分四稿修改完成。

2023 年 6 月 28 日 20 时 15 分五稿修改完成。